大教堂

〔美〕雷蒙德·卡佛 著
肖铁 译

CATHEDRAL

Raymond
Carver

南海出版公司

新经典文化股份有限公司
www.readinglife.com
出　品

献给特丝·加拉格尔

以及

纪念约翰·加德纳

目录

Contents

羽毛

我工作中认识的朋友，巴德，有一天叫我和弗兰一起去他家吃晚饭。我不认识他老婆，他也不认识弗兰，算是扯平了。不过，我和巴德是朋友，我知道他家里有一个婴儿，当时应该有八个月大了。这八个月都跑到哪儿去了？见鬼，那之后的时间又去哪儿了呢？我还记得那天巴德带了盒雪茄来上班，在午餐室里分给大家抽。是那种杂货店里卖的雪茄，荷兰大师[①]牌。每根雪茄上面都有一条红色标签，包装纸上写着“**是个男孩！**”。我不抽雪茄，但还是拿了一根。“再拿两根。”巴德晃了晃烟盒对我说，“我也不喜欢雪茄，是她的主意。”他说的是他老婆，奥拉。

我从没见过巴德的老婆，只有一次在电话里听过她的

① 荷兰大师（Dutch Masters），一种因烟盒上印有伦勃朗油画而得名的廉价卷烟，在美国的销售始于1911年。80年代末，烟民常用这类卷烟包在外面的烟叶重新卷上大麻抽，来提高大麻的烈度，“荷兰大师”因而十分流行。

声音。那是个周六下午，我无聊得很，便给巴德打电话，看他有什么点子。这女人接起电话，说了声："喂？"我有些懵，一时想不起她的名字。是巴德的老婆。巴德倒是跟我提过几回她的名字，但我总是一只耳朵进一只耳朵出。她又说了一遍："喂？"我能听见那边电视开着。然后她问："谁呀？"我听见有婴儿开始闹了。"巴德！"那个女人喊道。"怎么了？"我听见巴德的声音。我还是想不起她的名字，就把电话挂了。后来上班见到巴德，我当然没提打过电话的事。但我还是兜着圈子让他提起了他老婆的名字。"奥拉。"他说。奥拉，我对自己说。奥拉。

那天我们在午餐室里喝咖啡，巴德跟我说："没什么事，就我们四个。你和你太太，我和奥拉。没什么特别的，就是一起聚聚。晚上七点左右来吧。她六点喂小孩，接着哄他睡觉，然后咱们就吃饭。我们的地方不难找，这是地图。"他递给我一张纸，画满了线条，标示着大街小巷路口之类，还有箭头指示着东西南北。一个大叉标出了他家的位置。我说："我们很期待这次聚会。"不过，弗兰对此并不太热心。

那天晚上看电视时，我问弗兰我们去巴德家要不要带点儿东西。

“比如说带什么？”弗兰说，“他说要我们带什么了吗？我怎么知道要带什么？我没主意。”她耸了耸肩，瞥了我一眼。我跟她提起过巴德，但她不认识他，也不大想认识他。“我们可以带瓶葡萄酒，”她说，“不过我无所谓。要不你就拿瓶酒吧。”她甩了甩头，长发在肩头摇摆，似乎是在说，我们为什么需要别人呢？

我们拥有彼此。“过来。”我说。她朝我这边靠近一点儿，让我能一把抱住她。弗兰个子很高，一头金发散在背后。我捻起她的一缕头发，嗅了嗅，将手缠绕在发丝里。她任由我抱着她。我将脸埋进她的头发里，把她搂得更紧了一些。

有时，长发会挡住她的视线，她不得不撩起来拨到肩后。对此她很不耐烦。“这头发真碍事。”她说。弗兰在一家乳制品厂工作，上班时得把头发盘起来。每晚她都得洗一次头，然后边看电视边梳理。偶尔她会威胁说一定要把它剪了，但我想她不会的。她知道我有多喜欢她的头发，知道我喜欢得多么疯狂。我对她说，我就是因为她的头发爱上她的。我告诉她，如果她剪掉头发，说不定我就不爱她了。有时我会叫她“瑞典人”。说她是瑞典人也真会有人信的。我们在一起的那些晚上，她会一边梳理她的长发，一边和我一起大声地说出我们希望拥有而现在还没有的东西。我们想有辆新车，那曾是我们的愿望之一。我们也盼望过能一起到加拿大玩两个礼拜。但我们从来没有盼过的，就是孩子。我们之所以还没有孩子，就是因为不想要。可能哪天会想要吧，我们对彼此这样说过。反正我们现在不想要。我们觉得，也许我们会一直不想要。晚上我们有时会去看电影，要不就待在家里看电视。有时弗兰会为我烤些点心，不管烤得怎么样，我们都会一口气吃完。

“他们可能不喝葡萄酒。”我说。

“就带葡萄酒吧。”弗兰说，“要是他们不喝，那咱们就自己喝。”

“白的还是红的？”

“再带点儿甜点。”她没搭理我，“不过，带什么都行，我真的无所谓。这是你的聚会。咱们可别太当回事，小题大做，要不我可真不想去了。我可以做个覆盆子咖啡蛋糕，或者纸杯蛋糕什么的。”

“他们会准备甜点的。”我说，“你不会请人到家里吃饭却不准备甜点的。”

“他们可能会做个大米布丁，或者果子冻！我们不爱吃的那些东西。”她说，“我都没见过那个女的，怎么知道她会做什么？如果她给我们吃果子冻怎么办？”弗兰摇着头。我耸了耸肩。不过她说得有道理。“巴德给你的那些老雪茄，”她接着说，“带上它们。那样你们就可以饭后到客厅去抽雪茄喝波特酒，反正就是电影里那些人喝的那种酒。”

“行，那就带上我们自己想吃的。”我说。

弗兰说：“我们就拿一条我做的面包吧。”

巴德和奥拉住在离城镇差不多二十英里的地方。我和弗兰已经在这儿住了三年了，却还没怎么去周边的乡间兜过风，真是的。在这些蜿蜒的小路上开车的感觉真好。傍晚，天气晴朗又暖和，我们看见了牧场、栅栏，还有正向着老畜棚慢吞吞地走去的奶牛。我们看见红色翅膀的黑鹂栖在栅栏上，鸽子绕着干草棚盘旋。还有花园之类的，野花盛开，一座座小房子建在远离公路的地方。我对弗兰说：“我们要是能在这儿有座房子就好了。”随便想想而已，不过是又一个没什么用的愿望。弗兰没有答话，她正忙着看巴德给的那张地图。我们开到了一个他标出的四向停车路口[1]，然后按照地图所示右拐，又开了正好三又三分之一英里。路左边，我看见了一片玉米地，一个信箱，还有一条长长的碎石铺就的车道。车道尽头，几棵树后面是一座带门廊的房子，房顶上有根烟囱，因为是夏天，自然没有烟袅袅升起。不过我还是觉得这是一幅不错的景象，便对弗兰说了我的感受。

“那只不过是些树杈子。”她说。

我把车开上了车道，两旁都是玉米，长得比车还高。我能听见碎石在轮胎下吱嘎作响。离房子近了一些后，我们看见了一座花园，里面的藤蔓上挂着些绿色的东西，大小如棒球。

“那是什么玩意儿？”我问。

“我怎么知道？”弗兰说，“可能是南瓜。我不知道。”

“嘿，弗兰，”我说，“放松点儿。”

她什么话都没说，咬了咬自己的下嘴唇，又松开了。车开到房子跟前时，她关上了车上的收音机。

---

① 四向停车路口（four-way stop），美国的一种没有交通灯的路口，竖有特殊停车标志。通过这种路口时需要停下来礼让前车。

前院立着一个婴儿摇篮，几件玩具散放在门廊上。我在房前停车。就在这时，我们听到了可怕的号叫。好吧，屋里有个婴儿，不过这声响对于一个婴儿来说未免也太大了。

“什么声音？”弗兰问。

这时，一只秃鹰般大小的东西重重地拍打着翅膀从树上飞下来，直冲冲地落在车前。它抖动身体，伸着长长的脖颈扭向车子这边，抬起头，打量着我们。

“该死的！”我说着，呆坐在车里，双手放在方向盘上，凝视着那个家伙。

“你能相信吗？”弗兰对我说，“我以前从没见过活的呢。”

我们当然都知道那是只孔雀，但谁都没说出声。我们只是看着它。鸟儿昂头伸向空中，又粗哑地大叫了一声。它的羽毛支棱起来，弄得整个身子比刚才落下时大了一倍。“该死的！”我又说了一遍。我们坐在车的前座上没有动。

鸟儿向前移动了一点儿，头侧向一边，绷着劲儿，明亮而充满野性的眼睛一直盯着我们。它的尾巴翘了起来，像一把巨大的扇子一开一合，闪烁着彩虹的每一种颜色。

"天哪！"弗兰小声说，把手放到我的膝头。

"该死的！"没什么别的可说了，我又骂了一句。

鸟儿又发出了那奇特的哀号声："哇啊——哇——啊！"要是在深夜，又是第一次听见这声响，我真会以为是什么人要死了，或是别的什么疯狂又危险的东西。

前门开了，巴德一面系着衬衣扣子一面走到门廊上。他的头发湿漉漉的，像是刚冲完澡。

"闭嘴，乔伊！"他对那只孔雀说，又冲着它拍了拍手。那家伙向后挪了挪。"够了。这样就对了，闭嘴！你这个老坏蛋，闭嘴！"巴德走下台阶，边把衬衣塞到裤子里，边朝车子走过来。他穿着上班时总穿的衣服——蓝牛仔裤和斜纹粗布衬衣。我穿着休闲裤和短袖运动衫，还有一双不错的平底鞋。看了巴德的穿着，我后悔自己出门前过于当回事地打扮了一番。

"很高兴你们能来，"巴德走到车旁说，"来，进来吧。"

"嘿，巴德。"我说。

我和弗兰下了车。那只孔雀向一旁挪了一点儿，来回摇着脑袋，一脸凶相。我们小心翼翼地和它保持距离。

"地方还好找吗？"巴德问我。他没有看弗兰，等着我来介绍。

“地图上标的很明白。”我说，“嘿，巴德，这是弗兰。弗兰，这是巴德。你的事她可都知道呢，巴德。”

他大笑，和弗兰握手。弗兰比巴德高，巴德得抬头看她。

“他经常提起你。”弗兰边说边把手撤了回来，“巴德这个，巴德那个的。除了你，他基本上不提别人，说得我感觉像早就认识你了一样。”她说着，留神看着那只孔雀。它正向门廊靠近。

“怎么说也是我的朋友，就应该念叨我。”巴德说完，朝我咧嘴笑了笑，又轻轻捶了我胳膊一下。

弗兰一直拿着她那条面包，显得有些局促。她把面包递给巴德：“我们给你们带了点儿东西来。”

巴德接过面包，翻过来看了看，好像那是他见过的第一条面包似的。“你们太客气了。”巴德把面包举到面前闻了闻。

“这是弗兰烤的面包。”我告诉巴德。

巴德点了点头，说：“走，我们进去吧，见见家里的贤妻良母。”

他当然是在说奥拉。这儿只有奥拉是个母亲。巴德告诉过我他自己的母亲已经去世了，父亲在他还很小的时候就离开了他。

巴德开门时，那只孔雀一下子蹿到我们前面，跳上门廊，它也想进屋。

“啊！”孔雀贴到弗兰腿上时，弗兰叫了一声。

“乔伊，该死的！”巴德说着，重重地打了一下孔雀的头顶。孔雀在门廊上后退了几步，摇摆着身躯，尾部的翎毛发出咔啦咔啦的声响。巴德作势要踢它，孔雀又向后退了退。然后巴德帮我们开门。“她总把这个该死的东西放进屋。过不了多久，它他妈的就要到桌子上吃饭，到床上睡觉了。”

进屋后，弗兰在门边停住，回过身看着门外的玉米地。“你这地方真好。”她说。巴德还扶着门。“你不觉得吗，杰克？”

“当然。”我说。我没想到弗兰会突然这样说。

“这种地方也不都像你们夸的那样好。”巴德说着，仍扶着门，向孔雀做了一个威胁性的动作，“这地方从不让你闲着，就没有消停的时候。”然后他招呼我们说：“快进来，伙计们。”

我问：“嘿，巴德，那里种的是什么呀？”

“番茄。”巴德回答。

“看来我有了个农民朋友。”弗兰摇着头说。

巴德哈哈大笑。我们进了屋，一个小个子的丰满女人正在客厅里等着我们。她的头发盘成一个圆髻，手揣在围裙兜里。她满脸通红，起初我以为她可能是喘不过气，或是在生谁的气。她扫了我一眼，接着把目光移到弗兰身上。并非不友善，只是一个劲儿地看。她盯着弗兰，脸仍然泛着红。

巴德说：“奥拉，这是弗兰。这是我朋友杰克，我总和你说起他。伙计们，这是奥拉。”他把面包递给了奥拉。

“这是什么？”她说，“啊，自家做的面包，太好了，谢谢。随便坐吧。别客气。巴德，你还不问问人家想喝点儿什么。我炉子上正做着东西呢。”奥拉说着，拿着面包走回了厨房。

“请坐。”巴德说。我和弗兰重重地坐在沙发上。我正要掏出我的香烟。“这儿有烟灰缸，”巴德说着，从电视机顶上拿下来一个很沉的东西。“用这个。”他边说边把那东西放到我面前的咖啡桌上，那是个做成天鹅模样的玻璃烟灰缸。我点了烟，把火柴扔进天鹅背上开的口子里，看着一缕细烟从天鹅身子里飘出来。

彩色电视机开着，我们就看了一会儿。屏幕上，几辆四分五裂的改装赛车停在赛道周围，播音员的语调既沉重，又像正压抑着某种兴奋。“我们还在等正式的官方确认……”播音员说。

“你们想看这个吗？”巴德问。他仍旧站着。

我说我无所谓。我是真的无所谓。弗兰耸了耸肩，像是在说，看这个还是别的，对她来说没什么分别，反正今天就这样交待了。

“就差二十多圈了。”巴德说，“现在赛道已经封了。刚才的事故可真严重，好几辆车撞到了一起。几名车手受了伤，还没说伤得有多重。”

“别换了，”我说，“咱们就看这个吧。”

“说不定真他妈的会有辆车在我们眼前爆炸呢。”弗兰说，“或者会有个人冲到看台上，撞翻那个在卖脏兮兮的热狗的家伙！”她用手指把玩一缕头发，眼睛盯着电视。

巴德看了看弗兰，看她是否在开玩笑。“这场撞车可真够厉害的。一个接一个。车，车的零件，还有人，飞得到处都是。好啦，你们想喝点儿什么？我们这儿有麦芽酒，还有瓶‘老乌鸦’[1]。”

“你喝什么？”我问巴德。

“麦芽酒。又凉又好喝。”

“那我也喝麦芽酒。”

“我来点儿‘老乌鸦’，再来点儿水吧，”弗兰说，“麻烦倒在一个高玻璃杯里。再来点儿冰。谢谢啊，巴德。”

“行。”巴德说。他又瞥了眼电视，然后进了厨房。

弗兰用胳膊肘捅了我一下，冲着电视的方向努了努嘴。“看那上面。”她低声说，“看见了吗？”我看了过去，电视机上放着一只细长的红色花瓶，瓶子里插着几枝雏菊。花瓶旁边的小垫布上，搁着一个熟石膏塑的牙齿模型，那该是世界上最参差不齐的牙齿了。这个恶心的玩意儿既没有嘴唇，也没有下巴，只有那几颗老石膏牙，塞在一块像是厚厚的黄色口香糖的东西上。

就在这时，奥拉拿着一罐混合坚果和一瓶啤露[2]走出

---

① “老乌鸦”（Old Crow），一种波旁威士忌。

② 啤露（root beer），又译麦根沙士，一种不含酒精的发酵饮料，北美特有，因含有甘草根和撒尔沙根而得名。

来，围裙已经脱掉了。她把那罐坚果放在咖啡桌上的天鹅旁边，冲我们说："随便吃点儿吧。巴德正给你们拿酒水呢。"说这话时，奥拉的脸又红了。然后，她坐到一把老藤条摇椅上，晃悠起来。她边喝啤露，边看电视。巴德拿着个小小的木质托盘走出来，上面放着弗兰要的威士忌和水，还有我的麦芽酒。他也给自己拿了一瓶麦芽酒。

"要玻璃杯吗？"他问我。

我摇了摇头。他轻拍一下我的膝头，转向了弗兰。

弗兰接过她的杯子，说了声："多谢。"接着又开始盯着那些牙齿看。巴德顺着她的目光看去。电视里，赛道四周的车子发出尖锐的噪音。我拿起麦芽酒，注意力集中在屏幕上。牙齿可不关我的事。"那是奥拉整牙前牙齿的模样。"巴德对弗兰说，"我已经习惯它了，不过我猜，它摆在那上面看起来挺可笑的吧。天知道她为什么还要留着这玩意儿。"他看了看奥拉，又看看我，冲我眨了眨眼。他在懒人椅上坐下，跷起二郎腿，喝着麦芽酒，盯着奥拉。

奥拉的脸又红了。她握着酒瓶，喝了一口，然后说："留着它，是为了提醒我自己欠了巴德什么。"

"你说什么？"弗兰问。她本来正翻弄着那罐坚果，想找点儿腰果吃。她停了下来，看着奥拉。“不好意思，我没听清。”弗兰盯着那个女人，等着她说话。

奥拉的脸又一次泛红了。“我有很多事都该感谢他。”她说，“这牙齿就是我要感谢的事情之一。留着它是要提醒我自己欠了巴德多少。”她喝了一口啤露，放下瓶子，说：“你的牙很漂亮，弗兰。你一进门我就注意到了。但我的牙，我小时候，它们全是歪七扭八的。”她用指甲敲了敲前面的两颗门牙，接着说，“那时我爸妈没钱给我整牙。我的牙只能生下来什么样就什么样。我前夫也不关心我的样子。对，他不管！他唯一关心的是他的下一瓶酒从哪里来。他在世界上只有一个朋友，就是他的酒瓶子。”她摇着头，“后来巴德出现了，把我从那个烂摊子里拉了出来。我们在一起后，巴德说的头一件事就是，‘咱们得把这些牙修理修理’。那个牙模就是在碰到巴德后不久，我第二次去见整牙医生时做的，就在装上牙箍前。”

奥拉的脸一直红着。她看着电视，喝着啤露，似乎再没什么要说的了。

“那个整牙医生肯定是个天才。”弗兰边说边看着电视机上面那排可怖的牙齿。

“他确实很厉害。”奥拉说着转过身来，“看见了吗？”她张开嘴，又给我们展示了一遍她的牙齿，这次她一点儿也不害羞了。

巴德已经走到电视机前拿下了牙模。他走到奥拉身边，把它放到奥拉的脸颊旁。“看，整形之前和整形之后。”巴德说。

奥拉伸手从巴德手里拿过那排牙齿。“你知道吗？那个整牙医生本来想要自己留下这个的。”她说话时把那排牙齿放在了腿上，“我说不行。我提醒他，它们可是我的牙。所以他只好拍下了这个模型。他告诉我他要把照片发表在杂志上。”

巴德说：“想想那会是本什么样的杂志吧。我琢磨着没什么人要看那种东西。”我们都笑了。

“等摘下了牙箍，我笑的时候还是忍不住用手捂住嘴。就像这样。”奥拉说，“现在我有时还这样做。习惯嘛。有一天，巴德说：‘你不用那样捂嘴了，奥拉。像这样漂亮的牙齿，你可不用把它们藏起来。你现在的牙齿好极了。’”奥拉看着巴德。巴德冲她挤了挤眼。她微微一笑，低下了头。

弗兰喝着她的威士忌，我也喝了点儿麦芽酒。我不知道该说些什么。弗兰也一样。但我知道晚些时候，弗兰对此会有很多话要说。

我说：“奥拉，我有一次打电话过来，是你接的，但我给挂了。我也不知道我当时为什么挂了。”我说完，呷了口麦芽酒。我也不知道我为什么要在这时候提起这件事。

“我不记得了。”奥拉说，“那是什么时候？”

“有一阵子了。”

“我不记得。”她摇着头说，用手指摆弄着腿上的牙模，看着赛车节目，又把椅子摇动起来。

弗兰看着我，咬了咬下嘴唇，但什么也没说。

巴德说：“怎么样，还有什么别的新鲜事吗？”

“再吃点儿坚果呀，”奥拉说，“晚饭马上就好了。”

里屋传来了哭声。

“可别是他！”奥拉对巴德说，做了个鬼脸。

“那个小家伙……”巴德说着向后靠在椅背上。我们看完了剩下的比赛，又跑了三四圈的样子，没有声音。

我们又听见一两次婴儿的哭声从里屋传出来，那声音显得有些焦躁。

“怎么搞的？”奥拉说着站了起来，“什么都准备好了，就等着大家入座了，我只要再把肉汁调好就行了。不过我还是先进去看看孩子吧。你们大家干吗不过去入席呢？我马上就来。”

“我想看看孩子。”弗兰说。

奥拉手里还拿着她的牙。她走过去把它重新放回到电视机上。“刚才可能是吓到他了，”她说，“他还不太习惯见陌生人。稍等一会儿，看我能不能哄他睡着了，他睡着的时候，你们就能偷偷看一眼了。”说完，她走向门厅边的房间，打开门，轻轻地走进去，带上门。婴儿不哭了。

巴德关上电视，我们走进厨房，坐在餐桌旁边。巴德和我谈论起工作上的事，弗兰听着，不时还会问个问题。但我能看出她已经腻烦了，也可能是因为奥拉没让她看孩子而生气。她打量着奥拉的厨房，翻看着奥拉的东西，手指缠绕起发丝。

奥拉回到厨房时说：“我给小家伙换了块尿布，还给他一个橡皮鸭子玩。也许他能让咱们安心吃饭了，不过也说不准。”她说着，掀开一个盖子，将一只平底锅从炉子上拿下来，把红色的肉汁倒进碗里，再把碗端到桌子上，接着又打开几只锅的盖子，检查是否一切就绪。桌子上有烤火腿、红薯、土豆泥、青豆、玉米棒和蔬菜沙拉。弗兰的面包摆在了很重要的位置上，就在火腿旁边。

“我忘了拿餐巾纸。”奥拉说，“你们先吃。想喝点儿什么？巴德吃饭时总喝牛奶。”

“牛奶好啊。”我说。

“我来点儿水。”弗兰说，“我自己拿吧，你已经够忙的了，就别再费心来照顾我了。”她欠了欠身，想要站起来。

奥拉说：“没事，你们是客人嘛。坐着吧。我去拿。”说这话的时候，她的脸又红了。

我们只好坐着，手放在膝盖上等待。我想着那些石膏牙齿。奥拉带回了餐巾纸，还有给我和巴德的各一大杯牛奶，以及给弗兰的一杯冰水。弗兰说了声：“谢谢。”

“别客气。”奥拉说着也坐下了。巴德清了清嗓子，低头做饭前祷告。他的声音很低，我几乎听不清他在说什么。但大概意思我还是明白的——他是在感谢上帝赐给我们将要被消灭掉的食物。

“阿门。”巴德祷告完时，奥拉也这样说了一句。

巴德递给我盛火腿的盘子，自己来了点儿土豆泥。我们埋头吃起来。大家几乎没说话，除了我或巴德偶尔说句“这火腿真不错”，或是“这甜玉米是我吃过的最好的甜玉米”。

“面包做得很特别。”奥拉说。

“请再给我来点儿沙拉吧，奥拉。”弗兰说，声音好像变得柔和了一些。

“再吃点儿这个。”每次巴德递给我火腿或是红肉汁时都会这样说。

时不时地，我们还会听见婴儿哭闹的声音。奥拉会侧过头去听，确定没什么大事后，便满意地重新把注意力集中在食物上。

“孩子今晚有点儿不高兴了。”奥拉对巴德说。

“我还是想看看他。”弗兰说，“我姐姐也有个小孩，不过他们住在丹佛。我什么时候才能去一趟丹佛呀？这个外甥我到现在还没见过呢。”弗兰停下来想了想，然后继续吃。

奥拉用叉子叉了点儿火腿放进嘴里。“但愿他能睡着。”她说。

巴德说：“菜还剩好多呢。来，大伙再吃点儿火腿和红薯。”

“我是一口也吃不下了，”弗兰说着把叉子搁在盘子上，“菜做得真好，可我真的不能再吃了。”

“留着点儿肚子，”巴德说，“奥拉还做了大黄派[1]呢。”

弗兰说：“你们大家先吃吧，我吃一小块就足够了。”

“我也吃一小块。”我说。其实说这话只是客气一下。十三岁那年，我曾就着草莓冰激凌吃大黄派，结果生病了，从那以后我就开始讨厌大黄派。

我们吃光了自己盘子里的东西后，又听见了那只该死的孔雀的动静。这次，那家伙跑上了房顶。听得出来，它就在我们头顶，在木瓦上走来走去，弄出咔啦咔啦的声响。

巴德摇摇头。“乔伊马上就会停下来的，它一会儿蹦累了就会去睡觉，”巴德说，“睡在那边的某棵树上。”

鸟儿又发出了那种号叫：“哇啊——”谁都没说话。有什么可说的呢？

然后奥拉说：“它是想进来，巴德。”

“哦，它不能进来，”巴德说，“我得提醒你一下：我们今天有客人。人家不想和一只该死的鸟坐在一起。那只

① 大黄派（rhubarb pie），一种以大黄为馅料的派，是美国的传统饭后甜点。

脏鸟，还有你的那排旧牙！人家会怎么想？”他摇着头，笑了。我们都笑了。弗兰也和我们一起笑。

“它不脏，巴德。”奥拉说，“你是怎么了？你不是挺喜欢乔伊的嘛。你从什么时候开始觉得它脏了？”

“就从那次它在毯子上拉屎开始。”巴德说，“请原谅我这不雅的用词，”他对弗兰说，“我得跟你说，有时我真想掐死这个老家伙。不过它都不值得一杀，是不是，奥拉？有时，大半夜的，它的叫声能把我从床上拎起来。它现在连个屁都不值，是不是，奥拉？”

听着巴德的胡话，奥拉摇摇头，扒拉着自己盘子里的几颗青豆。

“你最开始是从哪儿弄来这只孔雀的？”弗兰想知道。

奥拉抬起头说：“我一直想养只孔雀。小时候在杂志上看到过一张孔雀的照片，我就觉得那是我见过的最美丽的东西。我把那张照片剪了下来，贴在我的床头，保留了很长时间。后来等我和巴德有了这个地方后，我觉得机会来了。我说：‘巴德，我想要一只孔雀。’那时巴德还嘲笑我呢。”

“后来我还是到处帮她打听来着，”巴德说，“我听说邻县的一个老家伙养这东西。他管它们叫天堂鸟。为了这只天堂鸟，我们花了一百块钱。”他说着拍了一下自己的额头，“上帝，我可给自己找了个品位昂贵的女人呦。”他冲奥拉咧着嘴笑。

“巴德，”奥拉说，“你自己都知道这是瞎说。不说别的，乔伊至少是个看门专家。”她对弗兰说：“有了乔伊，我们就不用养狗了。它什么都听得见。”

“等我们过不下去了，说不准，我就把乔伊给炖了，”巴德说，“连着毛一锅烩。”

“巴德！这可一点儿都不好笑。”奥拉说，但她自己却笑了，让我们又好好欣赏了一次她的牙齿。

婴儿又开始闹腾了，这次听起来哭得很凶。奥拉放下餐巾纸，从桌子边站了起来。

巴德说：“真是没完没了。把他抱出来吧，奥拉。”

“我也这么想呢。”奥拉说着去抱孩子了。

孔雀又哀鸣了一声，我脖子上的汗毛都竖起来了。我看了弗兰一眼，她把餐巾纸拿起来，又放了下去。我看向厨房的窗户，外面已经黑了下来。窗户敞着，窗框上有一层纱窗。我觉得鸟的声音是从前门廊那边传来的。

弗兰把目光转向门厅，等着奥拉和那个婴儿。

过了一会儿，奥拉抱着孩子走了出来。我看着婴儿，深吸了口气。奥拉坐在桌旁，撑着孩子的胳膊好让他站在她的腿上，面冲我们。她看了看弗兰，又看了看我。这次她没有脸红。她在等着我们的评论。

“啊！”弗兰说。

“怎么了？”奥拉立刻问。

“没事，”弗兰说，“我觉得我看见窗户上有什么东西，像是蝙蝠。”

“我们这儿没有蝙蝠。”奥拉说

“也可能是只蛾子。”弗兰说，“总之是有个什么东西。嗯，”她说，“这可真是个与众不同的小宝宝啊！”

巴德看着孩子，又看了看弗兰。他向后翘起椅子，不住地点头，说：“没事，不用担心。我们知道他现在还赢不了什么选美比赛。他不是克拉克·盖博。不过给他点儿时间。要是他走运，说不定能长得像他老爸一样。”

婴儿站在奥拉的腿上，看着坐在桌子旁边的我们。奥拉把手向下挪了一点儿，抱住他的腰，好让他可以用肉乎乎的腿立着前后晃悠。毫无疑问，这是我见过的最难看的婴儿。丑到让我无言以对，嘴里一个字也挤不出来。我不是说他病了或是外表上有什么残疾。不是那回事。就是纯粹的难看。大红脸，鼓眼泡，宽脑门，还有那又大又厚的嘴唇。可以说根本没脖子，却长了三四层肥下巴，一直延伸到耳朵下面，更别提那对从光秃秃的脑袋上支棱出来的耳朵了。手腕上的肥肉耷拉着，胳膊和手指上也都是肉。说他难看都是说轻了。

这个难看的婴儿发出咿咿呀呀的声音，在他妈妈的腿上又蹦又跳。后来他不跳了，向前倾着身子，肉乎乎的小手想去够奥拉的碟子。

我见过不少婴儿。在我成长的过程中，两个姐姐的小孩加一块儿有六个，所以我小时候老有婴儿在我周围转。在商店之类的地方，我也见过不少婴儿。但这孩子的丑无人能敌。弗兰也盯着他。我猜她这时候也不知道该说什么好。

“他的个头够大的，是不是？”我说。

巴德说：“过不了多久他就壮得能打橄榄球了。这个家可不会饿着他。”

好像为了证明巴德的话，奥拉用叉子叉了些红薯，递到婴儿嘴边。“他是我的小宝贝，是不是？”她对这个胖家伙说，好像忘了我们的存在。

婴儿向前倾着身子，冲着红薯张开了嘴。奥拉把叉子送入孩子嘴里的时候，孩子一口咬住叉子，嘴里嚼着，在奥拉腿上不住地摇晃起来。他的眼睛是那样凸出，就好像他被硬塞进了什么东西里，把眼睛挤出来了一样。

弗兰说：“他真是个与众不同的宝宝，奥拉。”

婴儿的脸皱成一团，又闹腾起来。

“让乔伊进来吧。”奥拉对巴德说。

巴德让椅子翘起的腿重新着了地，说：“我想我们至少应该先问问人家是否介意。”

奥拉看看弗兰，又看看我。她的脸又变红了。婴儿还在她腿上兴奋地腾挪跳跃，扭动着想要下来。

“都是朋友，”我说，“你们想做什么就做吧。”

巴德说：“说不定人家不想让屋子里面有只像乔伊那样的大鸟，这点你想到过吗，奥拉？”

“你们介意让乔伊进来吗？”奥拉问我们，“那只鸟今天晚上有点儿反常。这孩子也是。他已经习惯睡前让乔伊进来和他闹腾闹腾了。看来今晚他们两个谁都消停不了。”

“别问我们了，”弗兰说，“让它进来我没意见。我从没近距离接触过孔雀。不过我不介意。”她看了看我，我想她是要我也表示表示。

“当然不介意。”我说，“让它进来。”我拿起杯子，喝光了牛奶。

巴德从椅子上站起身，走过去打开前门，又把门廊里的灯打开了。

“这孩子叫什么名字？”弗兰问。

“哈罗德。”奥拉回答。她又给哈罗德喂了一些自己盘子里的红薯。“他很聪明，机灵得很。你说什么他都明白。是不是，哈罗德？等你们有了自己的孩子，弗兰，你就知道了。”

弗兰只是看着她。我听见前门开了又关。

“他是挺聪明的，那倒不假。”巴德回到了厨房，“随奥拉她爸。现在这儿又有一个聪明的老伙计了。”

我向巴德身后看去，可以看见那只孔雀正在客厅里踌躇不前，来回扭头，那姿势就像你来回转动手里的镜子。它不停地抖动羽毛，声音像是隔壁屋里有人在洗牌。

它向前迈了一步，然后，又一步。

“我能抱抱他吗？”弗兰问。她的语气就像在说，如果奥拉允许的话，那就太好了。

奥拉把婴儿递给桌子对面的弗兰。

弗兰试着让婴儿老老实实地待在她的腿上，但婴儿老是扭动，发出各种噪音。

“哈罗德！”弗兰说。

奥拉看着弗兰和婴儿，说：“哈罗德的外公十六岁时，开始读百科全书，从 A 读到 Z。他还真做到了。二十岁读完的，就在他遇见我妈妈前不久。”

“他现在在哪儿？”我问，“他是做什么的？”我想知道，一个曾经定下那样目标的人现在会变成什么样子。

“他死了。”奥拉说，目光仍在弗兰身上。弗兰已经让婴儿仰面躺在自己的膝盖上了。她轻轻拨弄婴儿的某一层下巴，开始模仿儿语和他说话。

“他以前是伐木工，”巴德说，“别人砍的树砸在了他身上。”

“保险公司赔了妈妈些钱。”奥拉说，“但她都花光了。现在巴德每个月给她寄些钱。”

“也不多。”巴德说，“我们自己也没什么钱。 但怎么说她也是奥拉的妈妈。”

这时，孔雀已经攒够了勇气，开始摇摇晃晃、不甚平稳地从客厅向餐厅这边慢慢走来。它以一定的角度昂着头，用红眼睛盯着我们。它头顶的枝状羽冠有几英寸高，尾巴上的大羽毛竖了起来。这家伙在离桌子几英尺的地方停下来，审视着我们。

“他们叫它天堂鸟也不是没道理。”巴德说。

弗兰没有抬头，她的全部注意力都在婴儿身上。她开始和婴儿玩拍手游戏，他好像挺喜欢。我的意思是，至少这家伙不再闹腾了。她把他抱起来，让他趴在自己颈侧，轻轻地对他耳语。

“好了，”她说，“不许告诉任何人我刚才说的话啊。”

婴儿用自己的凸眼泡注视着她，然后伸出小手抓了一把弗兰的金发。孔雀又向桌子靠近了一点儿。谁都没说话。我们只是坐着没动。哈罗德看见鸟儿，松开了弗兰的头发，在她大腿上站了起来，用自己的胖手指指鸟儿，跳上跳下，嘴里发出各种噪音。

孔雀快速地绕过桌子跑向婴儿。它的长脖子伸到婴儿的腿之间，嘴巴钻进婴儿的睡衣里，僵硬的脑袋前后晃动。婴儿笑着小脚乱踹。他用后背蹭着，设法从弗兰的膝盖滑到了地上。孔雀推搡着婴儿，好像在和他玩什么游戏。弗兰把婴儿拉回到自己的腿边，婴儿却挣扎着向前够。

“这简直令人难以置信。”弗兰说。

“这只孔雀疯了，就是这么回事。”巴德说，“这该死的鸟不知道自己是一只鸟，这就是它主要的毛病。”

奥拉咧着嘴笑，又展示了一次自己的牙齿。她看着巴德。巴德冲她点点头，把自己的椅子从桌边拉开。

这真是个难看的婴儿。但在我看来，这对巴德和奥拉来说无关紧要。即使有什么关系，他们可能也只是想，好吧，孩子是难看了点儿。但他是我们的宝贝。而且这只是一个阶段。不久，就会有另一个阶段。有这个阶段，还会有下一个阶段。等所有的阶段都经历完了，问题就都解决了。他们说不定就是这样想的。

巴德抱起婴儿，把他荡过自己的头顶，直到哈罗德尖叫起来。孔雀梳理羽毛，注视着他们。

弗兰又摇了摇头，抚平衣服上刚被婴儿弄皱的地方。奥拉拿起叉子，吃着盘子里的青豆。

巴德把婴儿转移到自己的胯部，说：“还有派和咖啡呢。”

在巴德和奥拉家的那晚很特别。我知道那是特别的一晚。那一晚，我几乎为自己生命里拥有的一切都感到高兴。我迫不及待地想和弗兰单独待在一起，好告诉她我的感受。那一晚，我许了个愿。坐在桌子旁，我闭上眼，使劲地想。我许的愿是永远不忘记那一晚，或者说永远不让那一晚离我而去。那是我的愿望中，得到实现的一个。对我来说，这个愿望的实现是我的不幸。不过，那时我当然不会明白。

“你在想什么呢，杰克？”巴德问我。

“随便乱想。”我说着，冲巴德笑了笑。

“发呆呢。”奥拉说。

我只是又笑了笑，摇了摇头。

那晚，从巴德和奥拉那儿回到家，躺在被窝里，弗兰说：“亲爱的，用你的种子填满我吧！”她说这话时，我全身都听到了，从头到脚，我大叫着释放出来。

后来，当我们的情况变了，有了孩子，等等等等，弗兰总会想起在巴德家的那个晚上，觉得那是一切改变的开始。但她错了。改变在那之后——而且当改变真正出现时，那就像是发生在别人身上，而不是什么可能发生在我们自己身上的事。

“操，那些人，还有那个难看的婴儿！”有时我们深夜看电视的时候，无缘无故地，弗兰就会这样说。“还有那只臭烘烘的孔雀，”她会说，“上帝啊，要它做什么？”虽然自那次以后她再也没见过巴德和奥拉，她还是经常说一大堆这样的话。

弗兰现在已经不在乳制品厂工作了，而且很久前就剪了头发。她靠我养活，不过我们不谈这个。有什么可说的？

我仍会在工厂和巴德见面。我们一起工作，一起打开我们的午饭饭盒。如果我问起，他会和我聊奥拉和哈罗德。乔伊的情况就不清楚了。有一晚，它飞上了它常栖的那棵树，就不见了，再没有下来。也许老死了吧，巴德说。后来那棵树被猫头鹰占据了。巴德耸了耸肩。他边吃三明治边对我说，将来有一天，哈罗德会成为一名橄榄球后卫。“你真该去看看那孩子。”巴德说。我点点头。我们还是朋友，这一点一直都没变。不过我和他说话时变得小心了起来。我知道他感觉得出来，他不希望这样。其实，我也不希望这样。

只有很偶然的时候，他才会问起我的家庭。当他问起，我会告诉他大家都挺好。“大家都挺好。”我说。我会合上饭盒，掏出香烟。巴德会点点头，抿几口咖啡。事实上，我的孩子身上有种卑劣的天性。但我不说这个。甚至和他妈妈都不愿谈，尤其不能和她提这个。我们之间的交流越来越少。聊的几乎都是电视。但我还记得那一晚。我能回想起那只孔雀迈开灰色的爪子，绕着桌子缓慢移动的样子。还有我的朋友和他老婆站在门廊上和我们说再见的情景。奥拉送给弗兰几根孔雀羽毛带回家。我记得我们互相握手，拥抱对方，说这说那。在车里，回家的路上，弗兰紧贴着我坐，手一直放在我的腿上。我们就这样一路从我朋友那儿开回了家。

瑟夫的房子

那年夏天，魏斯从一个刚刚康复的酒鬼瑟夫手里租下尤里卡[1]北部一套带家具的房子。然后，他打电话给我，叫我忘掉过去，搬去与他同住。他说他在戒酒。所谓的戒酒我再清楚不过了。但他肯定不容我拒绝。他又打电话过来说，埃德娜，你可以从前窗望见海，闻见空气里的咸味。我听着他说。他没有吐字不清。我说我会考虑考虑。之后我真的想了想。一周后，他又打来电话问我，你来吗？我说我还在考虑。他说，我们可以重新开始。我说，如果我过去，我想要你为我做点儿事。说吧，什么事，魏斯说。我说，我要你努力变成那个以前我认识的魏斯，那个老魏斯，那个我当初嫁的魏斯。魏斯哭了，我想这说明他的意愿是好的。于是我说，好吧，我会过去的。

魏斯已离开了他的女友，或者是她已离开了他——我

① 尤里卡（Eureka），美国加利福尼亚州洪堡县城市。

不知道，也不关心。既然决定了去找魏斯，我只能和我的朋友说再见。我朋友说，你正在犯一个错误。他说，别这样对我，那我们怎么办？我说，为了魏斯，我只能这样。他正努力戒酒，保持清醒。你记得那情形。我记得，我朋友说，但我不想你走。我说，我就去一个夏天，然后看情况。我会回来的，我说。他说，那我呢？我怎么办？不要回来了，他说。

那个夏天，我们喝咖啡、汽水，还有各种各样的果汁。整个夏天，我们不得不喝这些。我发现自己希望这个夏天永不结束。我心里是清楚的，但在瑟夫的房子里和魏斯住了一个月后，我还是重新戴上了我的结婚戒指。自从魏斯醉酒把他的戒指扔进桃树园的那个晚上，我已有两年没戴过这枚戒指了。

魏斯有一点积蓄，所以我不必工作，而且瑟夫几乎是让我们白住他的房子。我们没有电话，只须付煤气费和电费，再有什么特殊的需求就去西夫韦超市买。一个星期日的下午，魏斯出去买洒水器，回来时给我带了一束好看的雏菊和一顶草帽。周二晚上，我们会去看电影。其他的晚上，魏斯会去参加聚会，他称之为“不喝酒聚会”。瑟夫会开车来接他，结束后再送他回来。有时我们会去附近的一个淡水泻湖钓鳟鱼。我们在湖边花一整天的时间，钓上来几条很小的鳟鱼。这些就够了，我会说，然后当天晚上，我就做炸鱼晚餐。

有时，我会摘下帽子，躺在鱼竿旁的毯子上睡觉。睡着前，我最后记得的总是头顶上向着中央山谷飘去的云朵。夜晚，魏斯会搂着我，问我还是不是他的女人。

我们的孩子离我们很远。谢丽尔和别人一起住在俄勒冈的一座农场里，看管一群山羊，卖羊奶。她也养蜜蜂，收集一罐罐蜂蜜。她有她自己的生活，我不怪她。只要我们不把她牵扯进来，她是不会在意她爸妈要做什么的。鲍比在华盛顿割干草。干草季过后，他打算种苹果树。他有一个女儿，他在攒钱。我写信给他们，最后总会写上“永远爱你们”。

一天下午，魏斯正在院子里拔杂草，瑟夫开车来到房子前。我正在水池旁忙活，看到瑟夫的大车靠边停下来。我能看见他的车、车道、高速公路，还有高速公路后面的沙丘和海。云笼罩在水面上。瑟夫从车里出来，拉了拉他的裤子。我知道是出事了。魏斯停下手里的活儿，站起来。他摘下头上那顶帆布帽子，用戴着手套的手背擦了擦脸。瑟夫走过来，一把搂住了魏斯的肩膀。魏斯脱下一只手套。我走到门口，听见瑟夫说，上帝知道他有多抱歉，但他还是不得不请我们在这个月底之前搬走。魏斯脱下另一只手套。为什么要这样，瑟夫？瑟夫说他的女儿，琳达，就是那个以前魏斯在酗酒时期常常叫胖琳达的女人，需要一个住的地方，只好住这里了。瑟夫告诉魏斯，几星期前，琳达的丈夫开渔船出海，之后再没了消息。她是我的亲骨肉啊，瑟夫对魏斯说。她的丈夫没了，她孩子的爸爸没了。我能帮忙，我很高兴我有能力帮上忙，瑟夫说。真对不起，魏斯，但你们得另找一处房子了。然后瑟夫又抱了抱魏斯，拉了拉自己的裤子，上车走了。

魏斯走进屋，把帽子和手套扔在地毯上，然后一屁股坐在一把大椅子上。瑟夫的椅子，我突然想到。连地毯也是瑟夫的。魏斯脸色苍白。我倒了两杯咖啡，一杯递给他。

没关系的，我说，魏斯，不用担心。我端着我的咖啡坐在瑟夫的沙发上。

现在胖琳达要住在这儿，而不是我们。魏斯说。他端着杯子，但没有喝。

魏斯，别太激动，我说。

她男人到时候会出现在凯奇坎[1]的，魏斯说，胖琳达的丈夫只不过是想离开他们罢了。谁能怪他？魏斯说，他自己要是到了那个地步，也宁愿开船离开，总好过和胖琳达还有她的孩子就这么过一辈子。然后魏斯把杯子放在手套旁边。到现在为止，这是我们的幸福之屋。他说。

我说，我们会找到另一所房子的。

但不会像这房子一样好了，魏斯说。再怎么说，也不会一样了。这房子对我们来说很好。这里有美好的回忆。现在胖琳达和她的孩子要住进来了，魏斯说。他端起杯子，尝了一口。

这是瑟夫的房子，我说，他也是没办法。

我知道，魏斯说，但这不代表我就得高兴地接受。

魏斯露出那种眼神。我熟悉那眼神。他一直用舌头舔着嘴唇，不停地用手指拨弄腰带下面的衬衣。他从椅子上站起来，走到窗口，望着大海和不断堆积的云。他用手指

① 凯奇坎（Ketchikan），美国阿拉斯加州城市，以旅游业和捕鱼业闻名。

敲打自己的下巴，好像正在琢磨什么。他的确在思考。

放松点儿，魏斯，我劝他。

她想叫我放松点儿，魏斯说，站在窗边没动。

但很快他就走过来，坐在我旁边的沙发上，跷起二郎腿，拨弄衬衣扣子。我握住他的手，开始说话，谈论着这个夏天。但我发现自己好像在说着发生在过去的什么事，也许发生在很多年前，总之是早已结束的事。然后我开始聊孩子。魏斯说他希望能重新做一次父亲，而且这次做得好一些。

他们爱你，我说。

不，他们不爱，魏斯说。

我说，总有一天，他们会明白的。

可能吧，魏斯说，但那时已经没有意义了。

你又不会知道，我说。

我还是知道一些事的，魏斯看着我说，我知道我很高兴你能过来，我不会忘了的。

我也很高兴，我很高兴你找到了这所房子，我说。

魏斯哼了一声，然后笑了。我们两个都笑了。那个瑟夫，魏斯边说边摇头，冷不防来这么一下，狗崽子。但我真高兴你戴上了你的戒指，真高兴我们一起度过了这段时光。

然后我说，假设，仅仅是假设，什么都没有发生。假设原本就是这样。仅仅是假设。只是假设一下也没什么关系。要是所有别的事都没发生。你明白我的意思吗？那会怎样呢？我问。

魏斯盯着我说，如果那样的话，我想我们得是别的什么人，不是我们自己。我现在心里没有那种假设了。我们生来什么样就是什么样。难道你不明白我的话吗？

我说我扔下一大堆事，跑了六百英里过来，不是要听他说这些。

他说，对不起，但我真的不能像一个根本不是我自己的人那样说话。我不是别人。如果我是别人，我绝对不会站在这儿。如果我是别人，我就不是我了。可我只是我，你明白吗？

魏斯，没关系的，我说。我把他的手放在我的脸颊上。接着，不知怎的，我想起他十九岁时的样子，想起他跑过田野，向他爸爸跑去的样子，他爸爸正坐在拖拉机上，用手挡住阳光，望着魏斯向自己跑来。那时，我们刚刚从加利福尼亚开车过来。我抱着谢丽尔和鲍比下了车，对他们说，这是爷爷。但那时他们都还是婴儿。

魏斯坐在我旁边，轻轻敲着自己的下巴，好像正在思考下一步怎么办。魏斯的父亲已经去世了，我们的孩子也都长大了。我看了看魏斯，又看了看瑟夫的客厅里属于瑟夫的东西。我想，我们现在必须做点儿什么，而且要快。

亲爱的，我说，魏斯，听我说。

你到底想怎么样？他说。但他只说了这些。他似乎已经决定好了。但做好决定后，他却不急着做什么。他向后靠在沙发上，手夹在两腿间，闭上了眼睛。他什么也没说。他用不着说什么了。

我在心里默念他的名字。那是个很容易发音的名字，很长时间以来，我已经习惯叫出这个名字了。然后我又叫了一遍，这次我大声地叫了出来。魏斯，我说。

他睁开眼，但没有看我。他只是坐在那里，看着窗口。胖琳达，他说。但我知道这不是因为她。她什么都不是，那只不过是个名字。魏斯站起来，拉上了窗帘，就这样，一下子，海就没了。我进厨房做晚饭。冰柜里还有些鱼。没什么别的了。今晚我们会把东西都吃光，我想，那就是结束了。

保鲜

自从三个月前被解雇以来，桑迪的丈夫一直窝在沙发上。三个月前的那天，他回到家，脸色苍白，神色惊惶，拿着一个装满了所有上班用品的盒子。“情人节快乐。”他对桑迪说，把一盒心形包装的糖果和一瓶占边威士忌放在厨房的桌上。他把帽子摘下来，也放在桌上。“我今天被人炒了。嘿，你说咱们会怎么样？”

桑迪和丈夫坐在桌旁，喝威士忌，吃巧克力，谈论着除了给新房加盖屋顶外，他还能做些什么。但他们一样都想不出来。“总会有办法的。”桑迪说。她想表现得积极点儿，但其实自己也很害怕。最后，他说，他要睡在那上面。他的确这样做了。那晚他睡在了沙发上，那之后的每一晚，他都睡在那里。

被解雇后的第二天，他去领失业救济金。他来到城里的州政府办公室，填表格，找工作。不过，不管是他那行，还是别的行业，都没工作可干。当他试着向桑迪形容找工作的男人和女人挤在一起的嘈杂景象时，他的脸开始流汗。那晚他又回到沙发上。他开始把自己所有的时间都耗在那上面，桑迪想，就好像失业后那就是他的工作了。偶尔他得出去和什么人就一个工作机会谈一谈，每两周他都要去签字领他的失业救济金。但其余时间里，他都待在沙发上。就好像他住在那里似的，桑迪想，他就住在客厅里。有时他会浏览一下桑迪从杂货店里拿回家的杂志；更多时候她发现他在看一本厚书，那是她加入一个读书俱乐部时得到的奖励，好像叫《历史谜团》。他双手把书捧在面前，头向前倾着，像是被里面的内容所吸引。但过了一阵子她发现，他的阅读似乎根本没有任何进展，一直停在同一个位置，她猜就在第二章前后。有一次，桑迪拿起那本书，翻到他正在看的地方。在那里，她读到，荷兰发现一具埋在泥炭沼泽里两千多年的男尸。有一页上还配着照片，男人的眉头皱着，脸上却有一种安详的表情。他戴着一顶皮帽，侧躺着，除了干枯的手脚外，他的样子并不可怕。她又读了几页，然后把书放回了原处。她丈夫总把它放在沙发前面的咖啡桌上，一伸手就能够着。那张该死的沙发！对她来说，那沙发，她连坐都不想再坐了。难以想象他们以前还曾躺在那上面做爱。

报纸每天会送到家。他从第一版看到最后一版。她发现他什么都读，讣告，各个主要城市的天气报告，甚至连经济新闻里有关企业并购和银行利率的消息也不放过。早晨，他起得比她早，用卫生间，然后打开电视，做咖啡。桑迪觉得他每天的这个时候似乎都是积极乐观的。不过等到她出门上班时，他就已经蜷在沙发上，盯着电视看了。下午，她回到家，电视常常还开着，他仍在沙发上，不是坐着就是躺着，穿着他过去上班时常穿的衣服——牛仔裤和法兰绒衬衣。也有时电视关着，他坐在沙发上，抱着他的那本书看。

“怎么样，还好吗？”她看向他的时候，他会问。

“还行。”她会说，“你呢？”

“还行。”

他总会在炉子上给她热一壶咖啡。他们在客厅里谈论桑迪一天的工作，她坐在一把大椅子上，他仍坐沙发。他们会端起各自的杯子，喝着咖啡，就像正常人一样，桑迪这样想。

桑迪依然爱他，尽管她知道情况正变得越来越不正常。她为自己还有活儿干而心存感激，但她不知道将会有什么样的事发生在他们身上，或是发生在世界上其他人身上。有一次，她跟一个关系很好的女同事聊了点儿心里话，说起她老公成天待在沙发上的事。不知怎的，她朋友似乎并不觉得那有什么奇怪的，这让桑迪既吃惊，又沮丧。朋友跟她讲起自己一个住在田纳西州的叔叔——四十岁那年，他躺到床上后就再也不肯下床了。而且他经常哭，每天至少哭一次。她告诉桑迪，她猜叔叔是害怕变老，或许是害怕突发心脏病之类的。但他现在六十三岁了，还活着呢，她说。听到这里，桑迪震惊不已。她想，如果这些都是真的，那么，那个男人就在床上躺了整整二十三年。桑迪的丈夫现在只有三十一岁。三十一加上二十三是五十四。到那时，她也是五十多岁的人了。天啊，一个人可不能把自己的后半辈子都耗在床上，或是沙发上呀。如果她丈夫是受了伤，得了病，或是出了车祸，那是另外一回事。这她能理解。要是那样的话，她知道自己可以承受。要是他不得不住在沙发上，她得把吃的摆到沙发前，可能还得拿着勺子喂到他的嘴边——这种事里甚至还包含着某种浪漫呢。但现在她的丈夫，一个年轻健康的男人，就这么赖在沙发上，只有上厕所、早上开电视和晚上关电视时会起来，这就是另一回事了。这让她觉得羞耻，除了那次和朋友聊天以外，她再也没和任何人提起过这事。她的朋友有个二十三年前就躺上床，且就桑迪所知，到现在仍在床上的叔叔，对她，桑迪也没再多说。

一天傍晚，她下班回来，停好车，走进屋。一开厨房门，她就听到了客厅里电视的声音。咖啡壶坐在炉子上，火开得很小。她拿着手提包站在厨房，能看见客厅里沙发的背面，还有电视屏幕，有人影在上面晃动。她丈夫光着脚，脚丫子从沙发一头伸出来。沙发另一头，横跨扶手的枕头上，她能看见他的后脑勺，一动不动。他可能是睡着了，或是没听见她进来，当然也可能没睡着，而且听见她进了屋。不过，她觉得这都无所谓了。她把手提包放到桌上，走到冰箱跟前，想拿盒酸奶。可当她打开冰箱门时，一团温热的闷气扑向了她。她简直不敢相信里面一塌糊涂的状况。冷冻室里的冰激凌化了，向下流到了吃剩的鱼肉棒和卷心菜沙拉里，流进了装西班牙炒饭的碗里，在冰箱底部积了一摊。到处都是冰激凌。再打开冷冻室门，喷出来的臭气熏得她直想吐。融化的冰激凌覆盖了整个冷冻室的底部，在一包三磅重的牛肉饼周围形成了黏糊糊的一摊。她按了按裹着牛肉饼的玻璃纸，手指竟陷了进去。猪排也化了，没做的鱼肉棒、牛肉三明治、两包萨米厨师牌中式速冻餐，所有东西都化了。热狗和自制意大利面酱也都化了。她关上冷冻室的门，从冷藏室里拿出一盒酸奶，打开盖子，闻了闻。直到这时，她才冲着丈夫大嚷起来。

“怎么回事？”他说着坐起来，越过沙发靠背向后看去，“咳，出什么事了？”他用手耙了好几下头发。她看不出来他刚才是不是在睡觉。

“该死的冰箱坏掉了，”桑迪说，“就是这个事。”

她丈夫从沙发上站起来，调小电视的音量，后来干脆关了，走到厨房里。“让我看看，”他说，“嘿，这不可能啊。”

“你自己看吧，”她说，“所有东西都要坏掉了。”

她丈夫看了看冰箱里面，表情凝重。然后又在冷冻室里到处戳了戳，查看情况。

“你说说，我还能再怎么倒霉吧。”他说。

她脑子里突然涌出一大堆想说的话，但她什么都没说。

“妈的，”他说，“真是雪上加霜。嘿，这个冰箱用了还不到十年呢。我们买的时候，它几乎是全新的。我爸妈他们那个冰箱用了二十五年，我兄弟结婚时送给了他，现在还好好的呢。嘿，这到底是怎么回事？”他挪到边上，好查看冰箱和墙之间那块狭窄的空间。“我不明白，”他边说边摇头，“插头都插着呢。”接着他抱住冰箱，前后摇晃，又用肩膀顶住冰箱，连推带拽地往厨房里挪了几英寸。冰箱里有什么东西从架子上掉下来，摔碎了。“真他妈的见鬼了！”他说。

桑迪这才发现自己还拿着酸奶。她走到垃圾筒旁边，打开盖子，把盒子扔了进去。“我今晚就得把所有东西都做了。”她说。她想象自己在炉子上煎肉做菜，用平底锅和烤箱处理这些生食。“我们得有台新冰箱。”她说。

他没说话，只是又看了看冷冻室，脑袋一会儿后仰，一会儿前探。

她移到他身前，把冰箱里架子上的东西腾到桌子上。他从旁帮忙，把一包包肉从冷冻室里拿出来，放在桌子上。接着他又把其他东西拿出来，在桌上另堆了一堆。他把整个冰箱都腾空了，找来纸巾和抹布，开始擦冰箱的内壁。

“氟利昂没了，”他停下来说，“原因在这儿。我能闻出来。氟利昂漏光了。可能是哪儿坏了，氟利昂漏了。唉，我见过别人家的冰箱也这么坏过。”他平静了下来，接着擦。“就是氟利昂的事儿。”他说。

她停下手中的活儿，看着他。“我们需要台新冰箱。”她说。

“你刚才已经说过了。嘿，我们从哪儿弄一台呢？树上可不长冰箱。”

“我们必须有一台，”她说，“难道我们不需要吗？对，也许我们不需要。也许我们可以像那些住在老旧公寓里的人那样，把放不住的东西都搁在窗台上。我们也可以买那种泡沫塑料做的小保温箱，每天买点儿冰块放在里面。”她把一棵莴苣和几个番茄放在桌上成包的肉旁边，一屁股坐在餐椅上，用双手捂住脸。

“我们会再买台冰箱的，”她丈夫说，“肯定会的。没错，我们需要一台，不是吗？没有冰箱是不行，但问题是，我们到哪儿去弄，我们能出多少钱？对了，广告栏里肯定有好多卖旧冰箱的，等着，我们看看报。嘿，我现在可是广告栏的专家。”

她把手从脸上放下来，看着他。

“桑迪，我们会在报纸上找到一台很棒的旧冰箱，”他接着说，“大多数冰箱都应该能用一辈子。天知道我们这台是怎么了。好好的冰箱就这么坏了，这种事我以前只听说过一次。”他又瞥了一眼冰箱。“真他妈倒霉透了。”

“把报纸拿过来，”她说，“我们一块儿看。”

“不用担心，”他说着走到咖啡桌旁，在一大堆报纸里翻了一通，拿着分类广告版回到了厨房。她把吃的东西推到一边，好让他能把报纸平铺在桌上。他找了把椅子坐下。

她匆匆扫了一眼报纸，又看了看已经化掉的食品，说：“我今晚真得把这些猪排都炸了，还得把牛肉饼做了，还有牛肉三明治、鱼肉棒，都做出来。别忘了还有速冻快餐。”

“都怪该死的氟利昂，”他说，“其实能闻出味儿来。”

他们开始浏览分类广告版。丈夫的手指从一栏滑到另一栏，迅速地跳过了“招聘”那一栏。她看见一些条目旁画着对钩，但没仔细看他标记的是什么。那不重要。在“野营用品”一栏里，他们终于找到了——新旧电器。

“在这儿。”她说着用手指按住了报纸。

他挪开她的手指。“让我看看。”他说。

她收回手指，读着那栏里的广告：“‘冰箱、煤气炉、洗衣机、烘干机，等等’。‘拍卖大会’。这是什么？拍卖大会……”她继续读，“‘新旧电器及其他，每周四晚七点开始拍卖。’就是今天，今天就是周四。”她说，“今晚就有拍卖。这地方离得不算太远，就在松树路上，那地方我开车都经过几百回了。你也是。你知道在哪儿，离芭斯·罗缤冰激凌店很近。”

她丈夫什么都没说，只是盯着广告。他抬起手，用两根手指扯自己的下嘴唇。“拍卖会。”他说。

她盯着他。“我们去吧。你说呢？你也该出去转转，顺便看看能不能弄到一台冰箱。一举两得。”

“我这辈子还从没去过拍卖会，”他说，“我也不觉得我现在想去。”

“去吧，”桑迪说，“你怎么了？会好玩的。我也很多年没去过了，小时候我常和爸爸一起去。”她突然特别想去今晚的拍卖会。

“你爸……”他说。

“对呀，我爸。”她看着丈夫，等着他把句子说完。说什么都行。但他没有。

“拍卖会挺有趣的。”她说。

“可能吧，但我不想去。”

“我还需要一盏床头灯，”她坚持道，“那儿肯定也有。”

“嘿，咱们缺很多东西。可我现在没工作，记得吗？”

“我要去今晚的拍卖会，”她说，“你爱去不去。你要去就跟我一起走。但我无所谓。跟你直说了吧，你去不去对我不重要。反正我要去。”

“我跟你去。谁说我不去了？”他看了看她，接着目光躲闪到一旁。他拿起报纸，又把广告看了一遍。“拍卖我可是一丁点儿都不懂。不过，当然了，什么事都得试一试。刚才谁说我们要在拍卖会上买台冰箱来着？”

“谁都没说，”她说，“不过冰箱是肯定要买的。”

“行啊。”他说。

“那就去吧，”她说，“不过你得真的乐意，别勉强。”

他点了点头。

她说：“那我得赶快做饭了。我现在就把这些该死的猪排做了，我们赶紧吃饭。剩下的东西可以等回来再收拾，等我们从拍卖会回来以后，我再把别的东西做出来。不过我们真得快点儿了。报纸上说拍卖会七点开始。”

“七点。”他说着站起来，走到客厅，透过飘窗向外看。一辆车从外面街上经过。他又用手指摩挲起嘴唇。她看着他又坐在沙发上，拿起他的书，翻到他总看的那个地方。不过，他马上就把书放下，重新躺了下去。她看见他的头枕在沙发扶手上面的枕头上。他调整了一下枕头，双手枕在脖子后面，不动了。不一会儿，她就看见他的胳膊耷拉了下来。

她合上报纸，站起身，安静地走进客厅，越过沙发靠背看过去：他闭着眼，胸部微微起伏。她回到厨房，把煎锅放在火上，开了火，倒上油，开始炸猪排。她曾和爸爸一起去过很多次拍卖会，大多是拍卖牲口的。她依稀记得，爸爸总是要卖一头小牛，或是要买一头小牛。有时拍卖会上也会有农具和家庭用品，但主要是农畜。后来，等她爸妈离了婚，她跟妈妈一起生活以后，爸爸还曾写信给她，说很怀念那些和她一起去拍卖会的日子。最后一封信是在她已经长大、和丈夫生活在一起后收到的，他说在这次的拍卖会上，他花两百美元买到了一辆很漂亮的汽车。要是她在那儿，他说，他也会给她买一辆的。三周后，一通半夜里打来的电话告诉她：她爸爸死了。一氧化碳从那辆刚买的车的底座漏进来，他坐在驾驶室里失去了意识。他生活在乡下，发动机一直转着，直到油箱里没油了才停下。他一直待在车里，几天以后才被人发现。

锅上冒起烟，她又倒了些油，打开抽油烟机。她已经有二十年没去过拍卖会了，现在，她正准备去今晚这场。不过，她得先把这些猪排炸了。冰箱坏了是很倒霉，但她发现自己很期待今晚的拍卖会。她开始想念爸爸，甚至也想念妈妈，虽然在她遇见现在的丈夫并搬出来和他同居前，她们母女俩一直吵个不停。她站在炉子前，翻着肉，想念着她的爸妈。

当她戴上隔热手套，把锅从炉子上拿下来时，她仍在想着他们。油烟上升，被炉子上方的风扇抽走。她端着锅站在厨房门口，朝客厅里看。锅还冒着烟，油星四溅。日光昏暗的房间里，她只能辨认出她丈夫的头和光着的脚。“快起来吧，”她说，“饭好了。”

“好。”他答道。她看见他的脑袋从沙发一头探出来。她把锅放回炉子上，从橱柜里拿下两个盘子放在灶台上。她用小铲子铲起一块猪排，放到盘子上。那肉看起来不像肉，倒像是半块老肩胛骨，或是一个挖东西用的铲子。但她知道那是块猪排，她把另一块也盛出锅，放到另一个盘子上。

很快，她丈夫走进了厨房。他又看了一眼那台冰箱，冰箱敞着门立在原地。接着他看见了猪排，张大了嘴，却什么都没说。她等着他说点儿什么，什么都行，但他没说话。她把盐和胡椒放到桌上，叫他坐下。

“坐吧，”她说着，递给他一个盘子，里面盛着那块可怜的猪排，“吃这个。”他接过盘子，却只是站在那儿，盯着盘子。她转过身，去拿自己的盘子。

桑迪把报纸清走，把那一堆食物推到桌子的一头。“坐下吧。”她又对丈夫说了一次。他把盘子从一只手换到另一只手上，仍旧站着。就在这时，她看到了桌子上面的一摊水。她也听见了水声。水滴滴答答地从桌子上流下来，滴到地面的油毡上。

她低头看见丈夫光着的脚。他就站在一摊水的旁边。她盯着他的脚。她知道自己这辈子再也不会看到这么不寻常的事了。可对此，她还不知道该作何感想。她忽然觉得她应该涂上口红，拿上外衣，去参加那个拍卖会。但她无法把眼睛从丈夫的脚上挪开。她把盘子放在桌上，注视着那双脚，直到它们离开了厨房，重新回到客厅里。

软座包厢

迈尔斯坐在火车的头等车厢里，横穿法国，去斯特拉斯堡看望在那里上大学的儿子。他已经有八年没见过儿子了。自从迈尔斯和男孩的妈妈分道扬镳以后，他和男孩之间没通过一次电话，甚至连张明信片都没寄过——男孩现在跟着妈妈过。迈尔斯一直相信，正是儿子的干涉加速了他们夫妻关系的恶化，直至最终分手。

迈尔斯上一次见到儿子，是在一场激烈的争吵中，男孩猛地扑向他。他妻子一直站在餐具柜旁，把瓷碟一个接一个地摔在餐厅地板上。当她把手伸向杯子的时候，迈尔斯说："够了！" 就在那时，男孩向他冲了过来。迈尔斯横跨一步躲开了，用胳膊卡住了他的头。男孩边哭边用拳头不停地锤打迈尔斯的后背和后腰。迈尔斯制服了他，而且相当凶狠。他把男孩推到墙上，威胁要杀了他。他是说真格的。他还记得自己当时大吼："我给了你这条命，也能把它收回来！”

现在想起那可怕的一幕，迈尔斯摇摇头，好像那一切都是发生在别人身上的。不过，他的确已经不是以前的自己了。这些年来，他一个人过，除了工作上的同事以外几乎谁都不接触。晚上，他听古典音乐，读关于怎样诱捕水鸟的书。

他点上香烟，继续盯着车窗外，没注意坐在门边的男人。那人用帽子盖住了眼睛，正在睡觉。天色还早，车窗外掠过的绿色田野上晨雾弥漫。迈尔斯不时会看见一座农舍和它的附属建筑，所有的东西都被墙围着。他想，就这样住在一座被墙围起来的老房子里，或许是种不错的生活方式。

刚过六点。自从昨晚十一点在米兰上车以后，迈尔斯就一直没睡着。火车离开米兰的时候，他为包厢里就他一个人而感到幸运。他一直开着灯看旅游指南，他真希望自己是在去那里之前就读到了这些，而不是在去过以后才读。他发现了许多他本来应该去看、去体验的东西。他为自己离开意大利时才不断发现有关这个国家星星点点的信息而感到些许遗憾。这是他第一次，且毫无疑问也是最后一次来意大利观光。

他把旅游指南放进手提箱，又把手提箱放到头顶的行李架上，脱掉大衣，把它像毯子一样盖在身上。他关了灯，坐在昏暗的包厢里，闭上眼，盼望着睡意降临。

好像过了很久，就在他觉得自己快要睡着的时候，火车开始减速，驶进了巴塞尔郊外的一个小站。就在这儿，一个穿黑西装、戴帽子的中年男人走进包厢，用一种迈尔斯不懂的语言和他说了些什么，然后把自己的皮包放到了行李架上。他在迈尔斯的对面坐下，舒展自己的肩膀，然后把帽子向下拉，盖住了眼睛。火车重新移动起来的时候，这个男人已经睡着了，平和的鼾声让迈尔斯羡慕。几分钟后，一位瑞士乘务员推开包厢门，打开灯，用英语和什么别的语言——迈尔斯猜是德语——要他们出示护照。那个和迈尔斯分享包厢的人把帽子推上头顶，眨着眼，把手伸进自己的外衣口袋。乘务员检查了他的护照，仔细端详他，然后把文件还给了他。迈尔斯也把自己的护照交了上去。乘务员阅读上面的信息，边检查照片边看迈尔斯，然后点点头，归还护照。他在出门时关上了包厢的灯。坐在迈尔斯对面的男人重新把帽子拉下来盖住眼睛，腿向外伸出。

迈尔斯估计这个男人马上又会睡着，再次心生羡慕。

那之后，他怎么也睡不着了，开始琢磨几个小时之后和儿子的会面。在车站见到儿子的时候，他该怎么做？该不该拥抱一下？这样想想都让他有些不舒服。或许他只该伸出手，笑一笑，就好像这八年根本不存在一样，然后拍拍孩子的肩膀？可能男孩会说几句话：很高兴看见您，一路上还好吗？然后迈尔斯会说——说些什么。他真不知道自己会说些什么。

一名法国检票员从包厢旁边经过，瞅了一眼迈尔斯和睡在他对面的男人。迈尔斯知道这个检票员已经给他们的车票打过孔了，便没理他，扭过头，重新望着窗外。住宅多起来，但围墙消失了。房子都很小，挤在一起。迈尔斯马上明白过来，他见到的是一座法国的村庄。薄雾正在消散。火车鸣着汽笛飞驰过一个道口，拦路杆已经放下。他看见一个穿着毛衣的年轻女人，头发挽起，推着自行车，看着火车一闪而过。

你妈妈还好吗？他们出了车站走一段路后，他可能会这样问男孩。有你妈妈的什么消息吗？某一个瞬间，迈尔斯突然想到，她可能已经死了。不过他马上明白那是不可能的，如果真是那样，他会听到些什么——不管怎么样，他都会知道的。他知道，如果自己继续想这些事情的话，心就会碎了。他系上衬衣领口的扣子，整理好领带，把外衣搁在旁边的座位上。他系好鞋带，站起来，迈过那个睡着的男人的腿，走出包厢。

在走向车尾的途中，迈尔斯不得不扶着走廊的窗户，好让自己站稳。他关上狭窄的厕所门，锁上，然后打开水龙头，洗了把脸。火车拐了一个弯，抛出一条弧线，车速却还是那么高，迈尔斯得拽住水池才能保持平衡。

几个月前，他收到了男孩的信。信很简短。信上说他去年一直住在法国，在斯特拉斯堡的一所大学就读。他为什么去了法国，以及去法国之前的那几年他都在做什么，信上一点都没提。一句话也没多说，迈尔斯想，没提到男孩的妈妈，关于她的近况和行踪，他完全不得而知。不过，令他费解的是，男孩是用“爱你的”这个词结束了那封信。这让迈尔斯思考了很久。最后他还是回了信。深思熟虑以后，迈尔斯在信里谈到自己一直想去欧洲做一次小小的旅行。男孩想不想在斯特拉斯堡的车站见他一面呢？他在信的结尾写上了“爱你的爸爸”。他收到了男孩的回信，便开始准备和安排。他吃惊地发现，除了自己的秘书和几个商业伙伴，他真的不需要再通知任何人自己即将离开。在他工作的那家工程公司里，他已经攒有六个星期的假期，他决定把所有假期都用在这次旅行上。虽然现在他已经不想把这些时间全都在花在欧洲，但他还是很高兴自己当初做出了这样的决定。

他先去了罗马。独自一人在街上游荡了几个小时以后，他后悔自己没有报旅游团。他感到了孤独。他去了威尼斯，一座他和他妻子一度谈论着想去观光的城市。但威尼斯令他失望。他看到一个独臂的男人吃炸鱿鱼，目之所及全是布满水渍的污秽建筑。他坐火车去米兰，住在一家四星级酒店，整晚都在一台索尼彩色电视机前看足球比赛，直到节目结束。第二天早上，他起床后就在城市里闲逛，逛到又要去火车站为止。他预计，在斯特拉斯堡的短暂停留将是这次旅行的高潮。待上一两天，甚至三天——视情况而定——接着他会去巴黎，然后坐飞机回家。他已经厌倦了在旅途中想方设法让陌生人明白自己的意图，他很乐意回家。

有人敲厕所门。迈尔斯塞好衬衣，系好皮带，打开门，伴着车厢的颠簸，摇摇晃晃地走回包厢。开门的时候，他立刻注意到他的大衣被人动过了，不在他离开时放在座椅上的位置。他感觉自己陷入了一种荒唐的情况，但很可能比他想象的要严重。他赶紧拿起大衣，心跳开始加速。他把手伸进里兜，护照还在。钱包在裤子的屁兜里。也就是说，他的护照和钱包还在。丢了的是他给男孩买的礼物——在罗马一家商店买的一块昂贵的日本手表。保险起见，他一直把手表放在大衣的里兜。现在表没了。

"对不起，"他对那个身子陷在座位里、腿伸出来、帽子盖住眼睛的男人说，"打扰一下。"那个人把帽子向上推了推，睁开眼，坐直身体看着迈尔斯。他的眼睛很大。他可能一直在做梦，也可能并非如此。

迈尔斯说："您看见有什么人进来过吗？"

然而很明显，男人听不懂迈尔斯的话。他继续盯着迈尔斯，在迈尔斯看来，那目光流露出一种全然的不理解。不过迈尔斯想，那也可能意味着别的。说不定那目光后掩藏着狡黠和欺骗。迈尔斯晃动自己的大衣，好引起男人的注意。然后他把手伸进口袋翻弄，又撸起袖子，露出自己的手表给对方看。那个人看看迈尔斯，又看看迈尔斯的手表，似乎迷惑不解。迈尔斯敲了敲手表的表盘，另一只手又伸进大衣兜里，做出搜寻什么东西的样子。他又指了指手表，然后摇摆手指，希望能传达那块手表从包厢里不翼而飞的意思。

男人耸耸肩，摇了摇头。

“妈的！”迈尔斯沮丧地骂道。他披上大衣，走到走廊。包厢里，他一分钟也待不下去了。他怕自己会忍不住打那个男人。他在走廊里到处打量，似乎希望自己能碰到那个小偷，并一眼认出来。但周围空无一人。可能那个和他分享包厢的人并没有拿他的手表。也许是别人，没准就是那个敲厕所门的人，经过包厢时看见大衣和熟睡的男人，就开了门，翻找口袋，顺走手表后带上门，溜之大吉。

迈尔斯慢慢走向车厢尾部，窥探其他包厢。这节头等车厢虽不拥挤，但每间包厢里都有一两个人。他们大多在睡觉，或至少看起来在睡觉。他们眼睛闭着，头向后靠在椅背上。有间包厢里，一个和迈尔斯年龄相仿的男人也坐在窗边，望着外面的田野。当迈尔斯停下来，透过玻璃向里面看的时候，那个人扭过头，狠狠地瞪了他一眼。

迈尔斯走进二等车厢，这节的包厢拥挤多了——有时一间里面有五六个人，随便一看就能看出来，这里的人普遍更加绝望。很多人都醒着——因为太不舒适而睡不着，他经过的时候，他们都把目光转向他。外国人，迈尔斯想。显然，如果他包厢里的那个人没有偷手表，那么小偷只能是来自这些包厢了。但他又能怎么样呢？没希望了。表已经丢了，现在待在别人的口袋里。他也不指望能让那名法国检票员明白发生了什么。即使他明白了，又能怎么样呢？他回到自己的包厢，往里一看，只见那个人又舒展双腿，用帽子盖着眼睛。

迈尔斯从男人腿上迈过去，坐在自己靠窗的位子上。他愤怒得晕眩。已经到了城市的郊区，农场和牧场让位给工业车间，建筑物的正面写着他读不出来的名字。火车减速了。迈尔斯能看见城市街道上的汽车，还有一些车辆在路口排成长队，等着火车经过。他站起来，拿下手提箱，放在大腿上，透过车窗看着外面这个可恶的地方。

他突然意识到自己其实并不想见男孩。这个发现让他吃了一惊，他为冒出这种卑劣的念头而很是羞耻了一阵子。他摇了摇头。在这一生愚蠢可笑的行为里，这次旅行说不定就是他干过的最愚蠢的事。事实上，他没有丝毫想见男孩的渴望。很久以前，男孩的行为就已经让迈尔斯对他没什么感情了。他突然十分清晰地回想起了那次男孩扑向自己时的表情，一波苦楚向迈尔斯袭来。就是这个男孩，吞噬了迈尔斯的青春，把那个他曾追求并迎娶的少女变成了一个神经兮兮、酗酒成性的女人，对这个女人，男孩时而怜悯，时而暴力相向。到底为了什么，迈尔斯问自己，他要大老远地一路跑来看望这个自己讨厌的人？他不愿去握男孩的手，他敌人的手，也不想去拍他的肩膀，或是闲聊。他还得向他询问他妈妈的情况，他不愿意。

火车进站的时候，他身子向前坐了坐。法语报站的声音从火车上的喇叭里传出来。迈尔斯对面的男人动了动。他整了整帽子，坐了起来。此时，又有别的法语通知从扬声器中传出。那些通知迈尔斯一句也听不懂。从火车减速直到最终停下来，他变得越发焦躁。他决定不离开这间包厢，就这么坐着不动，等待火车再次启动。当火车再次开起来的时候，他就会在去巴黎的路上了，就这样吧。他小心翼翼地看着窗外，害怕看见男孩的脸出现在窗前。如果真的那样，他不知道自己会做什么。他害怕自己会挥动拳头。他看见站台上有几个人，穿着大衣，戴着围巾，站在行李箱旁等着上车。也有几个人，没有行李，手插在兜里，显然是在等着接人。他儿子不在其中，当然，这并不表示男孩不会在别的什么地方等着他。迈尔斯把手提箱从腿上拿下来，放在地板上，一点点地推到了座位底下。

对面的男人打着哈欠，看着窗外。现在他扭过头，盯着迈尔斯。他摘下帽子，用手挠了挠头发，然后又戴上帽子，站起身，从架子上拽下自己的包。他打开包厢门，在走出去之前，回过身，指了指车站。

“斯特拉斯堡。”那个男人说。

迈尔斯转过脸。

男人又等了一会儿，然后拿着包走进走廊，迈尔斯想，他肯定也揣着那块手表。不过，他现在最不关心的就是那块表了。他又一次望向窗外。他看见一个戴着围裙的男人站在车站门口，一边抽着烟，一边看着两名列车员向一个女人解释着什么。那个女人身穿长裙，怀里抱着小孩。她听着，不时点头，把小孩从一只胳膊换到另一只上。他们一直在说，她听着。其中一个人还轻轻逗弄小孩的脸蛋。女人低头看着，笑着，又把小孩换到另一只手上，继续听着。在离自己车厢很近的站台上，迈尔斯看见一对年轻人在拥抱。然后，年轻的男子松开年轻的姑娘，说了些什么，提起手提箱，上了车。姑娘看着他离开，抬起手，不住地用手掌根轮流抹着两只眼睛。一会儿，迈尔斯看见她走下站台，她的眼睛一直盯着他的车厢，就像在紧紧地跟踪着什么人。迈尔斯将目光从那个姑娘身上移开，看了看车站候车室上面挂着的大钟。他扫视着站台，男孩没有出现在视线之中。也许他睡过了头，又或许是像自己一样改变了主意。无论如何，迈尔斯感到了解脱。他又看了看大钟，然后看见那个姑娘快步跑向他面前的窗口。他身子向后缩，仿佛她要敲破那扇玻璃一样。

包厢的门开了，那个他刚刚在窗外看见的年轻男子走进来，带上门说:“您好。”[①] 没等迈尔斯答话，他就把手提箱扔上头顶的架子，一步跨到窗前，边说着“打扰了”[②]，边拉下了窗玻璃。“玛丽！”他喊着。姑娘哭着笑起来。男子拉起她的手，开始亲吻她的手指。

迈尔斯扭过头，紧紧咬住自己的牙齿。他听见列车员最后的呼喊，汽笛响了。火车立刻移动起来，开离站台。

---

① 原文为法语。

② 原文为法语。

年轻男子已经松开了姑娘的手，火车颠簸着驶向前去，他仍不停地向她挥着手。

没过一会儿，当火车刚开到站台外面的露天空地上时，迈尔斯发觉它猛地停了下来。年轻男子关上窗户，坐到靠门的位子上。他从大衣里拿出报纸，读了起来。迈尔斯站起身，打开门，穿过走廊，一直走到车厢连接处。他不知道火车为什么停下来，可能是什么故障吧。他走到窗边，看见的只是一条条错综复杂的轨道，轨道上面，火车的车厢正被重新装配，一些车厢被拆卸下来，或从一列火车挂到另一列火车上。他后退一步，离开了窗口。下一节车厢门上的牌子写着“**推**”①，他用拳头敲了一下，门滑开了。他又一次来到了二等车厢。他走过一排塞满了人的包厢，人们都忙着安顿自己，像是在为一场长途旅行做准备。迈尔斯想找个人问问这列火车现在要开向哪里。先前买票的时候，他知道这趟车先到斯特拉斯堡，然后去巴黎。不过，假如就这样把头探进人家的包厢，用法语说句“趴黎？”②——谁知道他们怎么说这个词——以此询问是否到

① 原文为法语。

② 即“巴黎”，原文为一种遵照英语习惯发音的法语。

这个站，他会觉得很丢人。这时，他听见哐当一声巨响，火车向后倒了一点儿。他又能看见站台了，便又想起他的儿子。或许他现在正站在那里，因为刚才一路奔跑冲向站台而气喘吁吁，想着他爸爸是否出了什么事。迈尔斯摇了摇头。

车厢在他脚下吱嘎呻吟，有什么东西钩住了另一样东西，重重地咬合在一起。迈尔斯看着外面轨道交错的曲径迷宫，意识到火车已再次驶动。他转过身，疾步穿过这节车厢，回到自己的车厢，沿着走廊走回包厢。但那个拿着报纸的年轻男子不见了，迈尔斯的行李箱也没了。这根本就不是他原来的那间包厢。他大吃一惊，明白过来，就在刚才，他那节车厢肯定已经从火车上卸了下去，然后火车接上了眼前这节二等车厢。他面前的包厢几乎塞满了矮小的深色皮肤的人，快速地说着他从没听过的语言。其中一个人向他招手，示意他进来。迈尔斯走进包厢，人们为他腾出了一点地方。包厢里似乎弥漫着一种欢愉的气氛。那个向他示意的男人笑着，轻拍他旁边的空位。迈尔斯坐了下来。车头在他背后，窗外的田野越来越快地从眼前闪过。有那么一会儿，迈尔斯觉得那些风景好像正远离自己飞逝而去。他知道，自己正去往什么地方，至于方向是否正确，他早晚会明白。

他向后倚在靠背上，闭上了眼。人们还在说着笑着，他们的声音仿佛从远方传来。很快，声音化为火车的律动。渐渐地，迈尔斯感到自己被声音裹挟着，跌入梦乡。

好事一小件

周六下午，她开车来到购物中心那家面包房。浏览过一本贴满蛋糕照片的活页簿后，她预订了孩子最爱吃的巧克力口味蛋糕。蛋糕上装饰有一艘宇宙飞船，发射台上撒着白色的星星，另一头是一颗红色糖霜的行星。小孩的名字，**斯科蒂**，会用绿色字母写在星球下面。粗脖子的面包师比她年长，一言不发地听着她告诉自己，小孩下周一就满八岁了。面包师穿着一件罩衫一样的白色围裙，带子从胳膊底下绕到身后，再绕回前面，牢牢地系在他沉甸甸的腰身下面。他一边听她说，一边在围裙上擦手，低头看着照片。他没有催促她，任由她说。他刚上班，要在这儿花上一整晚烤面包，所以他没什么可着急的。

她告诉面包师自己的名字，安·维斯，还有她的电话号码。蛋糕周一早上出炉，孩子的生日聚会在下午，时间很充裕。面包师谈不上快乐。他们两人之间没有任何愉快的气氛，只有最基本的语言交流和必要的信息交换。他让她觉得不舒服，她不喜欢这样。当他手里拿着铅笔，站在柜台后面弯下腰的时候，她琢磨着他粗俗的外表，好奇他这辈子除了烤面包，还干过别的什么没有。她自己是一位母亲，三十三岁，在她看来，所有人，特别是像面包师这个年龄的人——此人老得足以当她的父亲了——肯定都有孩子，而且都经历过这种被蛋糕和生日聚会占据的特殊时光。她觉得，他们之间肯定有这个共通之处。但他对待她的态度很生硬，不是粗鲁，只是很生硬。她放弃了和他交朋友的愿望，往面包房里面看去。她能看见一张又长又笨重的木桌，一头堆满了装馅饼用的铝盘，桌子旁边是一个金属容器，里面装满了空架子。还有一个巨大的烤炉。收音机里正在播放西部乡村音乐。

面包师将信息打印在一张特殊的预订卡上，然后合上活页簿。他看着她说："周一早上。"她谢过他，开车回家。

周一早上，过生日的男孩和另一个男孩一起走在上学路上。他们来回递着一包薯片，过生日的男孩正试着打探他朋友今天下午会送给他什么礼物。因为没注意看路，生日男孩在一个十字路口刚走下便道，就被车撞倒了。他侧身摔倒，头磕在排水沟里，腿伸到了街上。他闭着眼，腿前后移动，像是要爬到什么东西上去。他朋友扔掉薯片，哭了起来。那辆车开出一百来英尺，停在路中间。开车的男人回过头看，等着，直到男孩晃晃悠悠地站起来。男孩有点儿站不稳，看来是被撞晕了，但没什么大事。开车的人挂上挡，开走了。

生日男孩没哭，也没什么话要说。他朋友问他被车撞了是什么感觉，他也没有回答。他走回了家，他朋友继续上学去了。生日男孩走进屋里，跟他妈妈讲被车撞了的事。她挨着他坐在沙发上，握着他的手放在膝头，说："斯科蒂，亲爱的，你真觉得没事吗，宝贝？" 她想着是不是该给医生打个电话。突然，他仰面躺倒在沙发上，闭上眼，浑身失去了力气。她发现叫不醒他后，急忙打电话给正在上班的丈夫。霍华德要她保持冷静，保持冷静，然后给孩子叫了救护车，自己也赶往医院。

当然，生日聚会取消了。在医院里，孩子被诊断为轻微脑震荡和休克。孩子吐了，他的肺里进了一些液体，当天下午就得抽出来。现在，他看起来只是像在熟睡，但绝不是昏迷，弗朗西斯医生看到父母眼里流露出的惊恐，特意强调，不是昏迷。那晚十一点，在经历了很多次 X 光照射和各种化验后，男孩看起来像是舒服地休息了。知道了他醒过来并恢复正常只是早晚的事，霍华德便离开了医院。从下午开始，他就和安一直陪孩子待在医院，他想回家里一小会儿，洗个澡，换身衣服。“我一个小时后就回来。”他说。她点点头，说：“好，我就待在这儿。”他吻了她的前额，两人互相碰了碰手。她坐在病床边的椅子上，看着孩子。她在等着孩子醒过来，好起来，那样她才能放松。

霍华德从医院开车回家。在潮湿昏暗的街道上，他把车开得飞快，过了一会儿他才有所觉察，放慢了速度。一直以来，他的生活一帆风顺，令他满意——上大学，结婚，又上了一年大学，获得商科高等学位，成为一家投资公司里的初级合伙人，还当上了父亲。迄今为止，他是幸福且幸运的，他很清楚这一点。他的父母健在，他的兄弟姐妹都有了稳定的生活，大学里的朋友也都在世界各地站稳了脚跟。迄今为止，他还没有受过什么真正的伤害。他知道，一个人要是倒霉了，或是遭遇了突如其来的变故，那种力量会削弱甚至彻底毁掉这个人。他开上车道，停好车。他的左腿开始发抖。他在车里坐了一会儿，努力用一种理性的方式应对眼前的局面：斯科蒂被车撞了，现在躺在医院里，但他会好起来的。霍华德闭上眼，用手抹了抹脸，下车，走向前门。狗在屋子里叫。当他打开门摸索电灯开关时，电话铃响起来。他真不应该离开医院，真不应该。“糟了！”他说。他拿起听筒，说：“我才刚进家门！”

“这儿有一个蛋糕你们还没有取走。”电话那边的声音说。

“你说什么？”霍华德说。

“一个蛋糕，”那个声音说，“一个十六美元的蛋糕。”

霍华德把听筒紧紧贴在耳边，想弄明白这是怎么回事。“我不知道什么蛋糕的事，”他说，“天哪，你在说什么呢？”

“少跟我来这套。”那个声音说。

霍华德挂了电话，走进厨房，给自己倒了些威士忌。他给医院打了电话。孩子的病情没有进展，还在睡觉，什么都没变。霍华德一边往浴缸里放水，一边在脸上涂肥皂泡沫，刮胡子。他刚进浴缸，伸展开四肢，闭上眼，电话铃又响了起来。他费力地从浴缸里爬起来，抓了一条浴巾，匆忙穿过房间，边跑边为自己离开了医院而内疚不已，一个劲儿地骂自己“傻瓜，傻瓜”。但当他拿起听筒，大喊“喂！”的时候，电话线的那一端却没有反应。打电话的人已经挂了。

午夜刚过，他回到了医院。安还坐在病床边的椅子上。她抬起头看着霍华德，又回头继续看着孩子。孩子的眼睛还合着，头仍被绷带包着。他的呼吸平静又规律。一瓶葡萄糖挂在床上面的一个仪器上，一根管子从瓶口一直延伸到孩子的手臂上。

“他怎么样了？”霍华德问，冲着葡萄糖和管子挥了挥手，“这些都是干什么的？”

“弗朗西斯医生要求加上的，”她说，“他需要补充营养。他需要保持体力。霍华德，他怎么还不醒呀？我不明白，要是他真的没事，怎么还没醒？”

霍华德把手放在她的头后，用手指梳过她的头发。“他会好的，一会儿就会醒过来了。弗朗西斯医生心里有数。”

过了一会儿，他又说：“或许你应该回家歇会儿。我留在这儿。只是别搭理那个老打电话过来的傻瓜。听见就给他挂了。”

“谁打电话？”她问。

“我不知道是谁，就是那种除了打骚扰电话之外无事可做的人。你现在就走吧。”

她摇摇头说：“不用，我没事。”

“真的，”他说，“回家待一会儿，早上再回来换我。不会有事的。弗朗西斯医生说什么来着？他说，斯科蒂会好的。我们不用担心。他现在只是睡着了，没别的。”

一名护士推开门，走到床边，冲他们点点头。她从被单底下拿出孩子的左臂，将手指放在他的腕口，找到脉搏，看着手表。没一会儿，她就把孩子的胳膊放回被单里，走到床脚，在挂在床脚的笔记板上写了点什么。

“他怎么样了？”安问。霍华德的手沉沉地压在她的肩膀上，她能感到从他手指传来的压力。

“他很稳定，”护士回答，又补充了一句，“医生一会儿就会过来。他已经回医院了，正在查房。”

“我刚才跟她说，她该回家歇一会儿，”霍华德说，“那就等医生来了以后再走吧。”

“她可以回家，没事的，”护士说，“要是你们想，你们两个都可以回家歇一会儿。”护士是个大块头的斯堪的纳维亚女人，金发，说话还能听出一点口音。

“等等看医生怎么说吧，”安说，“我想和医生聊聊。我觉得他不应该这样一直睡，我觉得这不是个好征兆。”她用手按住眼睛，头微微向前倾。霍华德紧握她肩头的手又加重了一些力量，然后向上移到安的脖颈，手指揉捏起那里的肌肉。

“弗朗西斯医生几分钟后就会来。”护士说完，离开了房间。

霍华德凝视了儿子一会儿，被单下的小胸脯安静地上下起伏着。自打在办公室接到安的电话那失魂落魄的几分钟之后，他第一次感到一种蔓延至四肢的、实实在在的恐惧。他摇摇头。斯科蒂没事，他只是没有睡在家里自己的床上，不过是头上绑着绷带，睡在医院的病床上，胳膊上插着管子。但这正是孩子现在需要的治疗。

弗朗西斯医生走进来，虽然他和霍华德几个小时前才见过面，但这次他们还是握了手。安从椅子上站起来。“医生？”

“安。”他点了点头道，“我们来看看孩子怎么样了。”医生说着走到床边，测量孩子的脉搏。他翻开男孩一只眼睛的眼皮，接着是另一边。霍华德和安站在医生边上，注视着一切。然后医生掀开被单，用他的听诊器听男孩的心跳和肺部，又用手指在男孩的小肚子上到处按了按。做完这些，他走到床脚，研究起笔记板上的表格。他记下日期，在表格上潦草地写了些什么，然后看着霍华德和安。

“医生，他怎么样？”霍华德问，“他到底是什么问题？”

“他为什么一直醒不过来呢？”安问。

医生是个宽肩膀的英俊男人，有张晒成棕褐色的脸。他穿一身三件套蓝色西装，打着条纹领带，袖扣是象牙白色，灰色的头发整齐地梳在脑袋两侧，仿佛刚从一场音乐会回来。“他没事，”医生说，“没什么可担心的。我想，他的状况本可以更理想些，但他现在没事。我还是希望他能醒过来，应该很快就会醒了。”医生又看了看男孩。“再等一两个小时，等几个化验结果出来，我们就能知道得更详细些。不过相信我，除了头骨有轻微骨裂外——那是无可否认的——他没事。”

“啊，天哪。”安说。

“还有一点脑震荡，我之前说过了。当然了，你们知道他正处于休克状态，”医生说，“有时会出现这类休克案例，这种昏睡。”

“那他没有任何真正的危险？”霍华德问，“你说过他不是昏迷，现在这也不能算是昏迷，对吗，医生？”霍华德看着医生，等待着回答。

“对，我不认为这是昏迷，”医生说着，又看了孩子一眼，“他只是处于一种深度睡眠中。这是身体自动选择的一种恢复性的调节措施。他没有任何真正的危险。对，这个我可以肯定。等他醒过来，其他结果也出来了，我们就能更清楚一点了。”

“这是某种昏迷吧。”安说。

“这还不是，不典型。”医生说，“我不认为是昏迷。反正，现在还不是。他正经历休克。就休克而言，这种表现很常见，只是对身体创伤的一种暂时性反应。至于昏迷，好吧，昏迷是一种深层次、长时段的无意识，可以持续几天甚至几周。斯科蒂还没到那一步，反正据我们判断还没到。我确定他的情况到早晨就会有改善。我敢打赌。过不了多久，他就会醒过来，到时候我们就能更清楚一点了。当然，你们是留在这儿，还是回家歇一会儿，都可以。要是你们愿意，离开医院一会儿是绝对没问题的。我知道，这对你们来说很难。”医生又盯着男孩看了看，观察了一会儿，然后扭过头，对安说：“你不要担心，年轻的妈妈。相信我，我们正在尽力而为。现在只是再等等的问题。”他冲她点点头，又和霍华德握了手，离开了病房。

安把手放在孩子的额头上，说：“至少他不发烧。”过了一会儿，她又说：“天哪，他好凉啊。霍华德，他应该这样吗？你来摸摸看。”

霍华德触摸孩子的太阳穴，他自己的呼吸都慢了下来。“我想现在他就该这样吧。”他说，“他处在休克当中，还记得吗？医生是这么说的。医生刚刚还在这儿。要是斯科蒂有问题，他会说点儿什么的。”

安又站了一会儿，咬着自己的嘴唇，然后走回椅子边上，坐下来。

霍华德坐在她旁边的一把椅子上。他们互相看着对方。他想说点儿别的，让她放心，但他自己也害怕。他抓住她的手，放在自己的膝头。安的手放在他腿上，这让他感觉好受了一些。他抓起安的手，紧紧攥了一下，然后便一直握着。他们就这样坐了一会儿，看着男孩，没有说话。不时地，他会攥攥她的手。最后，她把手抽了出来。

“我一直在祈祷。”她说。

他点点头。

她说：“我以为我都已经忘了怎么祈祷，但还是想起来了。我只需要闭上眼说‘上帝，求您帮助我们，帮助斯科蒂’，后面的就简单了。那些话自然而然地浮现。你可能也祈祷了？”她对他说。

“我祈祷了。”他说，“我今天下午祈祷的——我是说，昨天下午——就在你打完电话，我开车来医院的路上。我一直都在祈祷。”

“那太好了。”她说。这时，她才第一次觉得他们在一起经历这场麻烦。她吃惊地发现，虽然霍华德一直都在身边，她也一直需要他，但在这之前，一切好像只是发生在自己和斯科蒂身上，她好像在心理上将霍华德置于事外。她为自己是他的妻子而欣慰。

之前那个护士走进来，又一次测量男孩的脉搏，并检查了床头吊瓶的滴液量。

一个小时后，另一位医生走进来。他说他叫帕森斯，放射科的。他留着浓密的胡子，穿着休闲鞋、西部牛仔衬衣和牛仔裤。

“我们要带他下楼再拍几张片子，”他对他们说，“我们需要再拍几张片子，还想做一个扫描。”

“什么？”安说，“扫描？”她站在这个新医生和病床之间。“我以为你们做过所有的X光检查了。”

“恐怕还得再做些，”他说，“不用担心。我们只是还需要几张片子，同时想给他做一个脑部扫描。”

“天哪！”安说。

“对于这类病例，这完全是常规程序。”这个新医生说，“我们只不过想要弄清楚为什么他还没醒过来。都是常规的医疗程序，不用担心。我们一会儿就带他下去。”

没多久，两名勤杂工推着轮床走进来。他们都是黑头发、深色皮肤的人，穿着白色制服。帮男孩拔下管子，搬到轮床上的时候，他们互相用外语说了几句话，然后推着孩子走出了病房。霍华德和安与他们上了同一部电梯。安凝视着孩子。电梯开始下降的时候，她闭上了眼。勤杂工站在轮床的两头，什么都没说。只有一次，其中一个人用他们自己的语言说了一句，另一个人慢慢地点头作为回复。

后来，那天早晨，就在阳光开始照亮放射科外候诊室的窗户时，他们把男孩推出来，送回他的房间。霍华德和安又与他们坐同一部电梯，那两个人仍旧站在轮床的两头。

他们等了一整天，但男孩还是没有醒过来。偶尔，两人中的一个会离开病房，到楼下的自助餐厅喝咖啡，然后像是突然想起来，有了负罪感似的，从桌旁起身，跑回病房。那天下午，弗朗西斯医生又来过一次，检查了男孩后，告诉他们孩子的情况正在改善，随时都有可能醒过来。护士们——不再是前一晚来过的那两位——不时走进来。后来，一个化验室来的年轻女人敲门后走进房间。她穿着白衬衫和白色休闲裤，将一个小托盘放在床边的架子上。她没有同霍华德和安说一个字，就从男孩的胳膊上抽血。女人在男孩胳膊上找到合适的位置下针的时候，霍华德闭上了眼睛。

“我不明白这是怎么回事。”安对那个女人说。

“医生要求做的。”年轻女人回答，“他们要我做什么，我就做什么。他们说，给他抽血，我就抽。不过，他到底怎么了？真是个小可爱。”

“被车撞了，”霍华德说，“司机撞完人就跑了。”

年轻女人摇摇头，又看看孩子，拿着托盘离开了房间。

“他怎么就是醒不过来呢，霍华德？”安说，“这些人得给我个答案哪！”

霍华德什么都没说。他重新坐到椅子上，跷起二郎腿，揉搓自己的脸。他看看儿子，然后身体向后靠，闭上眼睛，睡着了。

安走到窗户旁，看着外面的停车场。又到晚上了，汽车亮着灯，驶进驶出。她站在窗口，紧抓着窗台，心里明白他们真的遇到了麻烦，而且很严重。她感到害怕，牙齿开始打战，直到她咬紧了牙关才停下来。她看见一辆大车停在医院门前，一个穿着长大衣的女人上了车。她希望自己是那个女人，然后某个人——谁都行——会开车带她离开这儿，去别的地方——她一下车就能看见正等着自己的斯科蒂喊着妈妈扑到她怀里。

没过多久，霍华德醒了。他又看了看孩子，从椅子上站起来，伸了个懒腰。他走到窗户旁，站在安的身边。他们一起愣愣地盯着外面的停车场，一句话都没说。但他们似乎能感觉到对方的内心，仿佛共同的担忧使他们自然而然地变得透明。

门开了，弗朗西斯医生走进来。这次他换了一套西服和领带，灰色的头发分梳两侧，看起来好像刚刮过脸。他径直走到床边，检查男孩。“他现在应该醒了。没理由这样。”他说，“但我可以告诉你们，我们都确信他没有任何危险。他要是醒了，大家都会感觉好些。没理由，绝对没有任何理由让他到现在还没恢复知觉。应该很快了。哦，对了，他醒了以后，头会很痛，那是肯定的。不过，他的所有迹象都很好，正常得不能再正常了。”

“那么，这是昏迷吗？”安问。

医生搓了搓自己光滑的脸颊。“在他醒过来以前，我们可以暂时这么说。你们肯定累坏了。这很难，我知道这对你们来说太难了。你们可以出去走走，吃点儿东西，”他说，“这对你们有好处。要是你们想出去，我还可以在你们离开的时候派一个护士来看护。去吧，去吃点儿东西。”

“我什么都吃不下。”安说。

“当然，你们想怎么做都行，”医生说，“反正，我就是想告诉你们，所有的迹象都很好，化验结果也都是阴性的，没出现任何问题，只要他一醒过来，就没什么大事了。”

“谢谢您，医生。”霍华德说。他又一次和医生握手。

医生拍了拍霍华德的肩膀，走了出去。

“我觉得，我们当中有一个得回家，看看家里的情况，”霍华德说，“比如，懒虫该喂了。”

“给邻居打电话，”安说，“打给摩根家。谁都能帮忙喂狗。”

“好吧。”霍华德说。过了一会儿，他又说：“亲爱的，你为什么不去呢？你干吗不回家看看，然后再回来呢？那样对你有好处的。我就待在这儿陪孩子。真的。在这件事上，我们需要保持体力。就算他醒过来了，我们也得在这儿待一阵子呢。”

“你怎么不去呢？”她说，“喂懒虫，也喂你自己。”

“我已经回过家了，”他说，“我回去了整整一个小时又十五分钟。你回去一个小时，梳洗一下，再回来。”

她试想要不要回去，但她实在太累了。她闭上眼睛，又试着考虑。过了一会儿，她说：“或许我应该回家几分钟。或许如果我不是每分每秒都坐在这儿看着他，他就能醒来，就会好了。你明白吗？要是我不在这儿，说不定他倒会醒过来。我回家，洗个澡，换身干净衣服。我去喂懒虫，然后回来。”

“我就在这儿，”霍华德说，“你走吧，回家吧，亲爱的。我会仔细守着。”他的眼睛眯缝着，布满血丝，就像他喝酒喝了很长时间一样。他的衣服皱巴巴的，胡子已经又冒出来了。她摸摸他的脸，又把手收回来。安明白他想自己待一会儿，暂时不必说话，也不用让别人分担他的忧虑。她从床头柜上拿起钱包。他帮她穿上了大衣。

“我不会花很长时间的。”她说。

“到家就坐下来歇一会儿，”他说，“吃点儿东西。洗个澡。洗完澡，坐下来休息一会儿。那会让你焕然一新的，你试试就知道了。然后再回来。我们都试着别担心了。你听见弗朗西斯医生是怎么说的了。”

她披着大衣站了一会儿，试着回想医生说过的话，努力搜寻细节，搜寻任何言外之意的暗示。她试图回忆他弯腰检查孩子的时候，脸上的表情是不是变了。她记起他翻开孩子的眼睑、听孩子呼吸时，脸上的表情是什么样的。

她走到门口，又转身回望。她看看孩子，又看看孩子的父亲。霍华德点点头。她迈出病房，带上了身后的门。

她经过护士站，走到走廊尽头，寻找电梯。在走廊尽头，她向右拐进一间小小的候诊室，里面有一家子黑人坐在柳条椅上。一个中年男人穿着卡其布的衬衣和裤子，头戴着的棒球帽向上掀起。一个壮硕的女人穿着便服和拖鞋，瘫坐在椅子上。一个十几岁的少女穿着牛仔服，梳着一头小辫，抽着烟，在椅子上伸展开四肢，两条腿在脚踝处交叉在一起。安进屋的时候，一家人的视线都迅速移到她身上。小桌子上扔满了汉堡的包装纸和泡沫塑料杯。

“富兰克林？”那个大块头的女人坐直了身体问，“是不是关于富兰克林的事？”她睁大了眼睛。“告诉我呀，夫人，”她说，“富兰克林有消息吗？”她努力想从椅子上站起来，但那个男人拉住了她的手臂。

“没事，没事，”他说，“伊芙琳。”

“对不起，”安说，“我是来找电梯的。我儿子也在医院，现在我找不到电梯了。”

“电梯在那边，左转。”男人用手指了个方向。

女孩吸了口烟，盯着安。她的眼睛眯成了缝，厚嘴唇缓缓分开，吐出烟雾。黑人妇女头耷拉在肩膀上，不再看安，不再感兴趣。

“我儿子被车撞了，”安对那个男人说。她似乎需要解释一下。“脑震荡，头骨轻微骨裂，不过他会没事的。他现在还在休克中，但也可能是一种昏迷。我们主要担心这个，昏迷的问题。我现在要出去一会儿，我丈夫陪着他呢。或许我走了，他就会醒过来。”

“太惨了。”男人说着，在椅子上调整一下坐姿。他摇了摇头，低头看看桌子，又看看安。她还站在那里。他说：“我们的富兰克林正在手术台上。有人捅了他，想要杀死他。一场聚会上的斗殴。他们说，他只是站在一边看，没招谁没惹谁。不过现在说这些都没用了。现在他在手术台上呢。我们只能期盼、祈祷，我们如今只能做这些了。”他镇定地盯着安。

安再次看向那个女孩，她仍注视着安。安又看看那个妇人，她一直低着头，眼睛已经闭上了。安看见她的嘴无声地开合，默念着什么。安有一种冲动，想问问她在说什么。她想和这些同样在等待的人多聊聊。她害怕。他们也很害怕。就这点而言，他们是一样的。她想再说几句车祸的事，跟他们多讲讲斯科蒂，告诉他们这一切都发生在周一孩子生日当天，而孩子到现在还昏迷不醒。但她不知道从何讲起。她站在那儿，看着他们，再没多说一句话。

她照着那个男人指示的方向，走到楼道那头，找到了电梯。她在关着的电梯门前等了一会儿，仍在想自己该不该离开医院。然后，她伸出手指，按下按钮。

她把车开上自家的车道，熄了火。她闭上眼睛，头在方向盘上靠了一会儿。她听着发动机冷却下来时发出的嘀嗒声。然后她下了车。能听见屋子里狗在叫。她走到前门，门没锁。她进屋打开灯，烧上一壶沏茶用的水。她打开一些狗粮，在屋后的门廊里喂给懒虫吃。饥肠辘辘的狗吃得直咂嘴。它不时跑进厨房，看安是不是要留下来。就在安端着茶坐在沙发上的时候，电话铃响了。

“是我！”她一边拿起听筒一边说，“喂？”

“维斯夫人。”一个男人的声音说。此时是清晨五点，她觉得自己能听见背景里有什么机器设备的动静。

“对，是我！出了什么事？”她说，“我就是维斯夫人。是我。怎么了？请告诉我。”她听着背景里的那些声音。“上帝啊，是不是斯科蒂的事？”

“斯科蒂，”那个男人说，“是关于斯科蒂，没错。这个问题与斯科蒂有关。你是不是把斯科蒂给忘了？”男人说完，就挂了电话。

安拨通医院的电话号码，转到三楼，向接电话的护士询问儿子的情况。她要求和丈夫通话。她说，十分紧急。

她等着，手指翻卷着电话线。她闭上眼睛，觉得肚子很不舒服。她得吃点儿东西。懒虫从屋后的门廊里走进来，躺在她的脚边，摇着尾巴。安拽拽它的耳朵，它趁机舔舔她的手指。霍华德接电话了。

“有人刚刚打电话过来，”她一边说，一边卷着电话线，“他说和斯科蒂有关。”她哭了。

“斯科蒂很好，”霍华德告诉她，“我是说，他还在睡。没有任何变化。你走后，护士又来过两次。可能是护士，也可能是医生。反正，他没事。”

“是个男的打来的。他说，是关于斯科蒂的事。”她告诉他。

“亲爱的，你得歇一会儿。你需要休息。那肯定是同一个人，我也接到过他的电话。别理他。休息完就回来。然后我们一起吃点儿早饭什么的。”

“早饭，”她说，“我不想吃什么早饭。”

“你明白我的意思。”他说，“果汁，或吃点儿别的。我不知道。我什么都不知道，安。天哪，我也不饿。安，现在不方便说话。我正站在前台这儿呢。今早八点弗朗西斯医生还会来一趟。那时候，他会有更详细的消息告诉我们。这是一个护士说的。别的她也不知道了。安？亲爱的，可能到那时候，我们就能知道是怎么回事了。八点钟。八点以前回来吧。那之前，我都在这儿，斯科蒂没事。他还是老样子。”他补充道。

“电话铃响的时候，”她说，“我正在喝茶。他说是跟斯科蒂有关的事。背景里还有一种嘈杂的噪音。你接到的那通电话里背景也有噪音吗，霍华德？”

“我记不起来了，”他说，“可能是那个撞人的司机，说不定他是个疯子，不知怎的知道了是斯科蒂。不过，我一直和斯科蒂在一起呢。歇会儿吧，就像你原来计划的那样，洗个澡，七点左右回来，医生来的时候，我们一起和他谈谈。亲爱的，一切都会好的。我就在这儿，周围到处都是医生护士。他们说他的状况很稳定。”

“我害怕死了。”她说。

她放水，脱衣服，进浴缸，匆忙洗完擦干，没花时间洗头发。她换上干净的内衣、羊毛休闲裤和毛衣，走进客厅。狗抬起头看着她，尾巴重重地敲了一下地面。她出门钻进车里的时候，天开始亮起来。

她把车开进医院的停车场，找了一个靠近前门的空位停下。她隐隐约约觉得自己该为孩子的遭遇负责。她的思绪游移到那一家黑人身上，她还记得孩子的名字是富兰克林，记得那张扔满了汉堡包装纸的桌子，以及那个抽烟时一直盯着她看的少女。“别要孩子。”她走进医院的前门时，对着脑海中那个女孩的形象说，“上帝啊，千万别要。”

她同两个正要交班的护士一起，坐电梯上到三楼。现在是周三早晨，差几分钟七点。电梯门在三层滑开时，广播里正在呼叫某位麦迪逊医生。两名护士走在安前面，转向与安不同的方向，继续她们因安进电梯而被打断的谈话。安顺着走廊走到那个凹进去的小房间，就是那一家黑人等待的地方。他们已经走了，不过，凌乱放置的椅子看上去就像是有人刚刚从它们上面跳了下来一样。桌子上仍旧一片狼藉，扔满了杯子和废纸，烟灰缸里满是烟头。

她停在护士站前。一名护士立在柜台后面，一边梳头，一边打哈欠。

“昨晚，这儿有一个黑人男孩做手术，”安问，“他叫富兰克林。他的家人就坐在这个候诊室里。我想问问他的情况怎么样了。”

一名坐在柜台后面的桌子前读表格的护士抬起头。电话响了，她拿起听筒，但眼睛一直盯着安。

“他去世了。”柜台的护士说。她拿着梳子，盯着她。“你是他们家的朋友？”

“我昨晚碰到这家人，”安回答，“我自己的儿子也在医院。我猜他还在休克中。我们也不确定到底是什么毛病。我只是好奇富兰克林怎么样了，没别的。谢谢。”她走过走廊。颜色和墙壁一样的电梯门滑开，一个憔悴的秃顶男人，穿着白裤子和白帆布鞋，从里面拉出一台沉重的手推车。她昨晚都没注意到电梯门。那个人把手推车推到走廊里，停在离电梯最近的房间门口，查看一块笔记板。然后他弯下腰，从推车里抽出一个托盘。他轻轻敲门，走了进去。安从手推车旁经过时，能闻见温热食物散发出的讨厌气味。她疾步穿过走廊，没有去看两旁的护士，推开孩子病房的门。

霍华德正背着手站在窗户旁边。安进屋的时候，他转过身。

“他怎么样了？”她问。她走到床边，把手提包扔在床头柜旁的地板上，感觉自己好像已经离开了很久。她摸着孩子的脸颊问：“霍华德？”

“弗朗西斯医生刚刚来过。”霍华德说。安仔细地看着他，觉得他的肩膀有些内收。

“我以为他得到今早八点才会来。”她立刻说。

“还有一位医生和他一块儿来的。一位神经科的医生。”

“神经科医生？”她说。

霍华德点点头。她能看出来，他的肩膀愈发耷拉下去。“他们说了什么，霍华德？天哪，他们怎么说的？到底是怎么回事？”

“他们说他们要带他下去，再做一些检查，安。他们打算做手术，亲爱的。亲爱的，他们要动手术。他们搞不清楚为什么他就是醒不了。他们现在只知道，这不仅仅是休克或是脑震荡的问题。是他头骨里面出了事，他们觉得跟骨裂有关。所以他们要做手术。我给你打了电话，但我猜那时你已经出家门了。”

“啊，天哪！”她说，“哦，拜托，霍华德，拜托！”她说着拉住了他的胳膊。

“快看！”霍华德说，“斯科蒂！快看，安！”他把她扭向床头。

男孩刚才睁开眼，又合上了。现在，他又睁开来，眼睛直直地盯着前方，盯了一会儿，然后缓慢地转动。孩子的目光在霍华德和安身上滞留了一会儿，接着又移开了。

“斯科蒂！”他的妈妈叫着，扑到床边。

“嘿，斯科蒂，”他爸爸说，“嘿，儿子。”

他们斜靠在床边。霍华德拉过孩子的手，轻轻地又拍又攥。安弯下身子，在男孩的前额上吻了又吻。她双手捧住孩子脸颊。“斯科蒂，亲爱的，是爸爸妈妈啊。”她说，“斯科蒂？”

男孩看着他们，却没有任何认出他们的迹象。他张开嘴，眼睛紧紧地闭上，号叫着，直到肺里没了气。然后他的脸看上去放松下来，变得柔软。他的嘴唇分开，最后一口气泄出喉咙，轻柔地从紧咬着的牙齿间呼出。

医生们说那是一个很隐蔽的脑堵塞，还说这种情况出现的概率只有百万分之一。要是能早点发现并立即动手术，说不定还有救。但即使那样，成功的概率也几近于零。再说，他们怎么能找到这个堵塞呢？不管是 X 光还是别的检查，都没有显示出任何问题。

弗朗西斯医生很震惊。“我没法告诉你们我有多么难过。我太抱歉了，我真是什么都说不出来了。”他说着，带他们走进医生休息室。一位医生坐在椅子上，腿搭在另一把椅子的椅背上，正在观看早间电视节目。他穿着产房的绿色制服，松垮的绿裤子绿上衣，还有一顶盖住头发的绿帽子。他看了看霍华德和安，又看了看弗朗西斯医生，站起身，关掉电视，走出了房间。弗朗西斯医生把安引到沙发旁，自己坐在安的身旁，开始用一种安慰性的低沉声音说话。有一次，他还倾身拥抱了安。她能感到医生的胸膛抵着她的肩膀，平稳地一起一伏。她睁着眼，任由他抱着。霍华德去了洗手间，但没关门。

在一阵剧烈的痛哭之后，他放水洗了把脸。然后他走出来，坐在放着电话的小桌子旁。他看着电话，像是要决定该先做些什么。他打了几个电话。过了一会儿，弗朗西斯医生用了电话。

“现在我还能为你们做点儿什么吗？”他问他们。

霍华德摇摇头。安盯着弗朗西斯医生，像是听不懂他说的话。

医生送他们走到医院的前门。这是上午十一点。门口一直有人进进出出。安意识到自己是多么缓慢，甚至可以说是不情愿地迈动脚步。她觉得是弗朗西斯医生要他们离开，而他们本该留下，留下才是他们该做的事。她望着外面的停车场，然后回头看着医院的门前，摇起头来。“不行，不行，我不能把他扔在这儿，不能。”她听见自己这样说，觉得这真是太不公平了，为什么自己说出来的，就只是电视剧里人们面对暴力或是意外死亡时，因震惊而说出的那些话。她希望她说出的话是属于她自己的。“不。”她说，不知怎的，记忆里那个黑人妇女无精打采地歪在肩头的脑袋又出现了。“不。”她又说了一遍。

“今天晚些时候，我会跟你联系，”医生正和霍华德说话，“还有事要做，还有些事要弄清楚，我们才能满意。有些事需要解释。”

“验尸？”霍华德说。

弗朗西斯医生点点头。

霍华德说：“我明白。”然后他又说：“哦，天哪，我不明白，医生。我不明白，不明白。我就是不明白。”

弗朗西斯医生搂住他的肩膀。“对不起。上帝啊，我太抱歉了。”他松开霍华德的肩膀，伸出手。霍华德看着伸出来的手，犹豫了一下，还是握住了。弗朗西斯医生又一次拥抱了安。他似乎心怀某种安无法理解的仁慈。她把头靠在他的肩膀上，但眼睛睁着。她一直盯着医院看。他们的车开出停车场的时候，她还回望着医院。

在家里，安坐在沙发上，手插在大衣兜里。霍华德关上孩子房间的门。他打开咖啡机，然后找到一个空盒子。他本想把那些散落在客厅里的孩子的东西捡起来，但他只是和安一起坐在沙发上，把盒子推到一边，身体向前倾斜，手臂耷拉在两腿之间。他哭了起来。安把他的头拉到自己膝头，轻轻拍他的肩膀。“他走了。”她说，继续轻拍他的肩膀。在他的抽泣声外，安能听见厨房里咖啡机的嘶鸣。“好了，好了，”她轻柔地说，“霍华德，他走了。他走了，现在我们必须适应这一点。适应孤独。”

过了一小会儿，霍华德站起身，开始拿着盒子在屋里漫无目的地转圈。他没有往盒子里捡任何东西，只是把一些零碎收拾到沙发一头的地板上。安仍旧坐着，手插在大衣兜里。霍华德放下盒子，拿着咖啡走进客厅。过了一会儿，安给亲戚们打了电话。每次电话拨通，对方答声后，安都会不由自主地喷出几个字，哭上一阵。然后她会用一种节制的语调，平静地解释发生的事，并告诉他们自己的安排。霍华德把盒子拿到外面的车库，在那里，他看见了孩子的自行车。他扔下盒子，坐在自行车旁边的甬道上。他笨拙地搬起自行车，使车身斜靠在他的胸口。他抱着车，橡胶踏板顶在他的胸前。他转动起车轮。

与妹妹通话后，安挂上电话。就在她找另一个电话号码时，电话响了。刚响过第一声，安就抓起了听筒。

“喂？”她听见背景里嗡嗡的轰鸣声。“喂！”她说，“看在上帝的分上，你是谁？你想要什么？”

“你的斯科蒂，他的东西我已经为你准备好了，”一个男人的声音说，“你是不是把他忘了？”

“你这个邪恶的浑蛋！”她对着听筒大喊，“你太过分了，你这个狗娘养的浑蛋！”

“斯科蒂，”那个男人说，“你是不是把斯科蒂的事忘了？”说完，那个男人挂上了电话。

霍华德听到安的喊声，跑进来，看到安趴在桌子上哭

泣。他拿起听筒，只听见拨号音。

在那之后过了很久，将近午夜的时候，就在他们处理完很多事情之后，电话又响起来。

“你接，”安说，“霍华德，又是那个人，我知道。”他们正坐在餐桌前，面前摆着咖啡。霍华德的杯子边上还有一小杯威士忌。电话响到第三下的时候，他接了起来。

“喂，”他说，“是哪位？喂！喂！”电话断了。“他挂了，”霍华德说，“不管是谁，他挂了。”

“就是他，”她说，“那个浑蛋。我真想杀了他。我想一枪崩了他，看着他死。”

“安！我的上帝！”他说。

“你能听见什么吗？”她问，“背景里？一种噪音，来自机器的某种轰鸣声？”

“没有，真的。没有你说的那种声音，”他说，“再说也没有多少时间听。我倒是觉得有电台音乐的声音。对，有个电台广播。我只能听出这一点。到底在广播什么，我真的不知道。”

她摇摇头。“要是我能知道是谁，能抓住他就好了！”

忽然间她明白过来。她知道是谁了。斯科蒂，蛋糕，电话号码。她把椅子从桌边一把推开，站起身。“开车带我去购物中心，”她说，“霍华德。”

“你说什么？”

“购物中心。我知道是谁一直打电话来了。我知道他是谁了。就是那个面包师，那个狗娘养的烤面包的，霍华德。我在他那儿给斯科蒂订过一个生日蛋糕。就是他打的电话，他有我们家的电话号码，他一直打电话过来，为那个蛋糕骚扰我们。那个面包师，那个浑蛋。”

他们开车来到购物中心。夜空晴朗，星斗满天。天很冷，车里开着暖气。他们在面包房门前停下车。所有的商店都关门了，只有电影院前面的停车场里，还远远地停着几辆车。面包房的窗户里一片黑暗，但当透过玻璃往里看的时候，他们能看见里屋的亮光，一个大块头的男人系着围裙，在那片平静的白光里不时地进进出出。透过玻璃窗，安能看见那些蛋糕展示盒，还有一些配有椅子的小桌子。她试着开门，又拍了拍玻璃窗。但面包师就算听见了，也没有任何反应。他没朝他们这边看上一眼。

他们把车开到面包房的后面，停下来，下了车。这边有个亮着灯的窗户，不过太高了，他们看不到里面。后门旁边的一个牌子上写着“**面包房，特别定制**”。她能模糊地听见里面正放着广播，什么东西吱嘎作响，也许是烤炉的门拉开时发出的声音？她敲门，等待，又更重地敲了敲。收音机关上了，传出一种刮擦声，某种东西的清晰响动，应该是一个抽屉，被拉开又推上。

有人开了锁，打开门。那个面包师站在光亮处，向外凝视着他们。

“我们打烊了，”他说，“这钟点你们想要什么？大半夜的。你们喝醉了，还是怎么了？”

安迈进从敞开的门漫出来的光亮里。面包师眨着沉重的眼睑，认出了她。“是你。”他说。

“是我，”她说，“斯科蒂的妈妈。这是斯科蒂的爸爸。我们想进来。”

面包师说：“我现在很忙。我手头还有活儿呢。”

然而她已经迈进了门。霍华德跟在她后面，也进来了。面包师后退了几步。“这里面闻起来就像个面包房。是不是，霍华德？”

“你们想怎么着？”面包师问，“也许你们想要你们的蛋糕？对，你们决定要你们的蛋糕了。你们订过一个蛋糕，对不对？”

“身为面包师，你可够聪明的。”安说，“霍华德，这就是那个一直给我们打电话的人。”她握紧拳头，愤怒地盯着他。在她的体内，有一种至深的愤怒燃烧着，让她觉得自己正在膨胀，膨胀得超过了这两个男人中的任何一个。

“等会儿，”面包师说，“你来是想取走你那个放了三天的蛋糕，是不是？夫人，我可不想和你吵架。蛋糕就在那边，快要不新鲜了。我就收你半价。你要吗？你可以拿走。反正对我没用了，现在谁也不会要了。做这个蛋糕，我可是又花时间又花钱。你要是还想要，没问题。要是不要了，也没关系。我真得回去工作了。”他看着他们，舌头舔着牙齿的后面。

“还在说蛋糕。”她说。她知道自己能控制住正在体内沸腾的情绪。她很镇静。

“夫人，我在这地方每天工作十六个小时，养家糊口。”面包师说着，用围裙擦了擦手，“我在这儿从早干到晚，才能勉强过活。”安脸上的神情让面包师后退了一步，说：

“现在，别闹事。”他伸手够向案台，右手拿起一根擀面杖，开始一下一下地拍在左手掌心上。“那个蛋糕，你是要还是不要？我得回去工作了。面包师得在晚上加班。”他的眼睛又小又凶狠，安觉得它们都快要消失在他脸颊上隆起来的横肉里了。他的脖子肥得满是油脂。

“我知道面包师晚上加班，”安说，“他们晚上还打电话呢。你这个浑蛋。”

面包师继续在手上颠着擀面杖。他看了一眼霍华德，对他说：“小心点儿，小心点儿。”

“我儿子死了。”她冰冷而决绝地说，“他周一早晨被车撞了。我们一直守在他身边，直到他走了。但是，当然了，你不可能想到这个，是不是？面包师不可能什么都知道，是不是，面包师先生？但他死了。他死了，你这个浑蛋！”愤怒忽然间爆发，又忽然间退去，让位给了别的东西，一种令人眩晕的反胃感。她靠在撒满了面粉的木桌旁，用手捂住脸哭了起来，肩膀颤动着。“这不公平，”她说，“这不，不公平。”

霍华德把手放在她的后腰上，看着面包师。“你真可耻，”霍华德对他说，“可耻！”

面包师把擀面杖放回到案台上，解开围裙，也扔到案台上。他看着他们，慢慢地摇头。他从一张牌桌下拉出一把椅子，那张桌子上放着报纸、收据、计算器和电话簿。“请坐。”他说。“我给你找把椅子去。”他对霍华德说。“现在，请坐吧。”面包师走到前面的店铺，带回两把锻铁椅子，说：“你们请坐。”

安擦干眼睛，看着面包师。“我想过要杀了你，”她说，“我想过要你死。”

面包师为他们清理了一下桌子，把计算器以及一摞便签和收据推到一旁，又把电话簿砰的一声推到地上。霍华德和安坐下来，把椅子拉到桌子边上。面包师也坐了下来。

“让我说说我有多抱歉吧。”面包师说着，把胳膊肘搭在桌子上，“只有天知道我有多抱歉。听我说。我只是个烤面包的，我不会声称我有什么别的身份。可能有过一次，很多年以前，我曾是个和现在不同的人。但我已经忘了。我也不确定。反正，即使我以前是个不一样的人，我现在也不再是了。现在，我只不过是个烤面包的。我知道，这不能为我的所作所为开脱。但我真的万分抱歉。我为你们的儿子感到难过，我为我在这之中的行为感到抱歉。”面包师说着，把手伸到桌上，翻过来，露出他的掌心。“我自己没有孩子，所以我只能想象你们的感受。我现在能说的只是，我很抱歉。如果可以的话，请你们原谅我。我不是个邪恶的人。我不认为自己是。不是邪恶，像你在电话里说的那样。你得明白，我现在好像已经不知道该怎么办了。”男人说，“让我问问你们，你们可以打心底里原谅我吗？”

面包房里很温暖。霍华德从桌边站起来，脱下外套，也帮安脱下了外套。面包师看了他们一会儿，然后点点头，从桌边站起来。他走到烤炉边，关掉一些开关。他找到杯子，从一台电动咖啡机里倒出咖啡，又在桌上放了一盒奶油和一碗糖。

“你们可能需要吃点儿东西，”面包师说，“我希望你们能吃点儿我做的热面包圈。你们得吃东西，往前走。这种时候，吃啊，是好事一小件。”

他给他们端上来刚出炉的热腾腾的肉桂面包圈，糖霜还在流动，又在桌上放了黄油和抹黄油的刀子，然后和他们一起坐在桌旁。他等着，一直等到他们两人都从浅盘里拿起一个面包圈，吃起来。“吃点儿东西很好，”他看着他们说，“还有呢。都吃光，想吃多少吃多少。全世界的面包圈都在我这儿呢。”

他们吃着面包圈，喝着咖啡。安突然觉得很饿，面包圈又热乎又香甜。她吃了三个，面包师很高兴。面包师聊了起来，他们认真地听。虽然既疲惫又痛苦，他们还是听着面包师说话。当面包师讲起孤独，讲起他人到中年感到的那种自我怀疑和无能为力时，他们点了点头。他告诉他们自己这些年里无儿无女的生活是什么样子。每天都是重复，无休止地填满烤炉，又无休止地清空烤炉。他讲起那些他为别人的聚会和庆典做过的食物。那些没过指关节的糖霜。那些插在蛋糕顶上,象征新婚夫妇的小人儿。成百个，不，现在有上千个了。还有生日。想想所有那些燃烧的蜡烛吧！他干的活儿有市场，他是个面包师，他很高兴自己不是个花匠。他觉得喂饱人更好一点儿，无论何时，面包的味道都比鲜花好闻。

“闻闻这个，”面包师说着，掰开一条黑面包，“这是口味比较重的面包，但口感丰富。”他们闻了，面包师又让他们尝尝，有糖浆和粗糙谷粒的味道。他们听他说话，把能吃的东西都吃了。他们吞下了黑面包。荧光灯下亮得如同白昼。他们一直聊到清晨，高高的窗户投下苍白的亮光，他们还没打算离开。

维生素

有一阵子，我有工作，而帕蒂没有。我在一家医院上班，每晚干几个小时，都是些无关紧要的活儿。我随便干上一会儿，然后在计时卡上签上八小时，就去和护士们喝酒了。过了一阵子，帕蒂也想找份工作。她说为了自尊，她需要一份工作。就这样，她开始上门推销复合维生素。

有段时间，她和那种在陌生街区里跑上跑下的女孩一样，挨家挨户地敲别人的房门。但是，她很快就摸到了窍门。以前上学的时候，她就很灵光，学习特别好。她这人性格也不错。很快，公司就提拔了她，把一些干得不如她好的女孩安排到她手下工作。没多久，她就有了一班子人马，还在商场里有了一间小办公室。不过，她手下的那些女孩总是变来变去。有的干几天就不干了，有的甚至刚干几个小时就跑了。当然，也有些干得不错的女孩，真能把维生素卖出去。这些女孩和帕蒂一起坚持了下来，渐渐地成为她们这支队伍的核心。但也有些女孩，就是让她们把维生素白送人，都送不出去。

那些干不下去的女孩会直接走人，一声不吭就不来上班了。家里有电话的，会把听筒摘下来，就算有人敲门也不搭理。每失去一个员工，帕蒂都会很痛心，好像这些女孩都是曾经迷失方向、刚刚皈依正途的人。她为此自责。不过后来她无所谓了。毕竟这样来来去去的人太多，她也就习惯了。

偶尔会有女孩突然僵在那里，无法按响面前的门铃。也有可能她敲开了门，却说不出话来。或者是她说了问候的话，但也随口说了些本该留着进屋以后再说的话。这样的女孩就会决定放弃，拿着样品箱子回到车上，开着车在周围闲逛，直到帕蒂和别的人都做完了事，碰面会合，一起开车回办公室。她们会开个小会，说些能让自己重新振奋起来的话。比如“越挫越勇”“努力必有回报”之类的。

不时会有女孩在外面干着干着就没影儿了，带着样品和所有东西，搭辆车进城，逃之夭夭。不过，永远会有女孩填补上空缺。那个时候，女孩们总是来了又去。帕蒂手里有个名单。每隔几个星期，她就会在《省钱一族》杂志上发个小广告，很快就会有更多的女孩，更多的培训。女孩从来就没缺过。

核心小组由帕蒂、唐娜和希拉三人组成。帕蒂是个美人，唐娜和希拉顶多算是中等漂亮。有天晚上，希拉对帕蒂说，她爱她，胜过这世界上的一切。帕蒂告诉我，希拉当时就是这么说的。帕蒂开车送希拉回家，车停在希拉家门前。她们一起坐在车里，帕蒂对希拉说她也爱她。帕蒂对希拉说她爱她们所有的女孩。但不是希拉脑子里的那种爱。后来，希拉摸了帕蒂的乳房。帕蒂说她抓住希拉的手，握着它。她说，她告诉她，她不搞那一套。她说，希拉没有露出任何表情，只是点点头，握紧帕蒂的手，吻了吻，然后下了车。

那是圣诞节前夕。那段日子，维生素的生意很不好做，于是我们想，应该搞场聚会让大家乐一乐，振奋起来。当时，这似乎是个不错的主意。希拉是第一个醉倒的。她站着站着就晕倒在地，好几个小时都没醒。一分钟前，她还站在客厅中央，突然就闭上眼，双腿一弯，拿着酒杯倒了下去。拿酒杯的手撞在咖啡桌上，除此之外，她没有发出一点儿声音。酒泼洒在地毯上。我、帕蒂和另外一个人把她拖到后面的门廊上，安顿她在一张帆布床上躺下，然后尽量不去想她。

所有人都喝醉了才回家。帕蒂也上床睡了。我还想喝，就拿着酒坐在桌旁，一直喝到外面天都亮了。希拉从门廊走了进来，开始抱怨她头疼得厉害，简直像是有人正在往她脑袋里捅铁丝。她说，她的头实在太疼了，真害怕自己从此眯缝着眼再也睁不开。她还说她的小指肯定是断了，说着便伸出那根小指让我看，黑紫黑紫的。她抱怨我们让她就那样睡了一夜，也没叫她把隐形眼镜摘下来。她想知道，是不是根本就没人在意她。她举起手指，贴近眼睛看了看，摇摇头，又使劲伸向远处看了看，仿佛无法相信昨晚这一切都发生在自己身上。她脸颊浮肿，披头散发。她一边用凉水冲手指，一边冲着水池不停地叫："天哪，哦，天哪……"想起她曾向帕蒂大献殷勤，说出爱的宣言，我一点儿都不同情她。

我喝着掺了牛奶和少许冰块的苏格兰威士忌。希拉靠在洗碗台前，眯缝着眼睛观察我。我喝我的，什么话都不说。她继续跟我说她有多么难受，需要去看医生。她说她要把帕蒂叫醒，还说她要辞职不干了，离开这个州，到波特兰去。她说她要先和帕蒂告别。她喋喋不休。她想让帕蒂开车送她去医院，看看手指和眼睛有没有问题。

“我送你去。”我心里不愿意，但如果需要，我可以送。

“我想叫帕蒂送我。”希拉说。

她用那只完好无损的手握着受伤的手的手腕，小指肿得像个袖珍手电筒。“再说，我们需要谈谈。我得告诉她我要去波特兰，我得跟她告别。”

我说：“我想只能由我告诉她了。她在睡觉呢。”

她的脸一下子耷拉下来。“我们是朋友，”她说，“我一定得和她谈谈。我得自己告诉她。”

我摇摇头。“我不是刚跟你说了吗，她在睡觉。”

“我们是朋友，而且我们都爱着对方。”她说，“我一定要和她告别。”

希拉准备离开厨房。

我站起身，说：“我说了我送你。”

“你醉了！再说你一夜都没睡。”她又看了看自己的手指，嘟囔着说，“妈的，为什么会这样？”

“我还没醉到不能开车送你去医院的地步。”我说。

“我不会跟你一起走的！”希拉大喊。

“随你便。但你别想叫醒帕蒂。同性恋婊子！”我骂道。

“浑蛋！”她回骂我。

说完，她跑出了厨房，跑出了前门，连厕所都没上，脸也没洗。我站起来，向窗外看去。她正顺着公路向欧几里得大街走去。天色尚早，一个人也没有。

我喝光了酒，琢磨着再倒一杯。

我又倒了一杯。

那之后，再没人见过希拉。反正我们这些与维生素有关的人当中，没人再见过她。她走向欧几里得大街，走出了我们的生活。

后来，帕蒂问：“希拉怎么样了？”我说：“她去波特兰了。”

我对唐娜有意思，就是她们核心小组里另外那个成员。聚会那晚，我们伴着艾灵顿公爵[①]的音乐跳舞。我紧紧地搂着她在地毯上移动，闻着她的发香，手放在她腰部很低的位置。和她跳舞的感觉真是好极了。那次聚会上只有我

① 艾灵顿公爵（Duke Ellington，1899－1974），美国爵士乐大师。

一个男的，剩下七个女孩中有六个是互相搂着跳的。即便只是在客厅里看看，那感觉也很棒。

我在厨房里的时候，唐娜正好拿着空杯子进来。那会儿，屋子里只有我们俩。我轻轻抱了她，她也就势抱了我。我们站在那儿，拥抱在一起。

然后她说：“别，现在不行。”

我听见那句“现在不行”便松开了手。我想这是煮熟的鸭子，肯定跑不了。

希拉举着她的手指从门廊走进来时，我正坐在桌边回味着那个拥抱。

我又想了一会儿唐娜，喝光了酒，把听筒从电话机上摘下来，走进卧室，脱掉衣服，躺在帕蒂身旁。我仰面躺了一会儿，放松下来。然后，我进入了帕蒂，但她没醒。事后，我闭上了眼。

再睁开眼时已是下午。床上只剩下我一个人。雨正砸在窗户上。帕蒂的枕头上放着个甜甜圈，床头柜上有杯水。我的酒劲儿还没过去，脑子里一团糨糊。我知道那是个星期天，马上就到圣诞节了。我吃了甜甜圈，喝了水，又接着睡，直到听见帕蒂使用吸尘器的声音，才又醒了过来。

她走进卧室，询问希拉的事。就是那时，我告诉她，她已经去波特兰了。

新年过后一个星期左右，我和帕蒂一起喝酒。她刚下班回到家，不算晚，但天已经黑了，又下着雨。再过几个小时我就要去上班了。赶在上班之前，我们先来了点儿苏格兰威士忌，边喝边聊。帕蒂很疲惫，情绪低落，连喝了三杯酒。没人要买维生素。现在她身边只剩下唐娜，还有一个刚来不久的帕姆，那家伙喜欢小偷小摸。我们谈论坏天气和可以逃掉多少停车罚单之类的事。之后，我们聊起如果搬到一个亚利桑那州那样的地方，生活会变得好过许多。

我又给我们两个倒上酒，看着窗外。亚利桑那州，这主意不坏。

“维生素。”帕蒂说着，拿起酒杯，晃动里面的冰块。“呸！”她说，“我是说，我小时候绝对想不到自己会干这个。天哪，我从没想过我长大以后会卖什么维生素。还是走街串巷地卖。真是糟透了。想到这个就让我受不了。”

“我也没想过会是这样，亲爱的。”我说。

“得了，”她说，“你说得倒轻巧。”

“亲爱的。”

“别跟我亲爱的来亲爱的去。”她说，“老兄，这实在是太难了。不管你费多大劲儿，这日子都不好过。”

她看上去像是仔细地考虑过什么。她摇摇头，接着一口喝光了酒，说：“我现在连睡觉都能梦见维生素。我根本放松不下来。一刻都无法放松！至少你下了班就什么都不用想了。我敢肯定，你从没梦见过你自己的工作。我敢肯定，你从没梦见过一次给地板打蜡，或者你在那儿干的别的活儿。离开那个该死的地方以后，你回到家不会再在梦里接着干活儿吧，对不对？”她尖叫起来。

我说：“我不记得我都梦见过什么。可能我根本不做梦。反正一醒来，我就什么都忘了。”我耸耸肩。我可不会在睡觉的时候，还记着脑子里的事。我不关心。

“你当然做梦！”她说，“就算你忘了，你肯定也做梦。所有人都做梦。如果你不做梦，你会疯掉的。我在书里读到过，梦是一种发泄口。人睡觉的时候都做梦，否则就该疯了。但是我做梦的时候，梦的都是维生素。你明白我在说什么吗？”她紧紧地盯着我。

“明白也不明白。”我回答。

这不是个容易对付的问题。

“我梦见我在推销维生素。”她说，“不管白天黑夜我都在卖维生素。天哪，这过的是什么日子啊！”

她又喝光了她的酒。

“帕姆干得怎么样？”我问，“她还偷东西吗？”我只想换个话题，除了帕姆的事，我想不出别的了。

帕蒂骂了句“妈的！”，又摇着头，好像我什么都不明白。我们听着雨声。

“谁都卖不出去维生素。”帕蒂说着拿起酒杯，但杯子已经空了，“没人买维生素。我在跟你说这个，你到底听见了没有？”

我站起身，给我们再倒上酒。“唐娜在干什么？”我问。我读着酒瓶上的标签，等她的回话。

帕蒂说：“她两天前倒是卖了一点儿。但就那么点儿，我们这一整个星期就卖出去那么一点儿。如果她要辞职，我一点儿都不会吃惊。我不会怪她的。”帕蒂接着说，“我要是她，就会辞职。可是，假如她真的不干了，我怎么办？那样的话，我就又回到起点了。就是这么回事。又得从零开始。冬天刚过一半，这个州到处都是病人，都是病得要死的人，没人觉得自己需要维生素。我自己都病得要死了。”

“你怎么了，亲爱的？”我把酒放在桌上，坐了下来。帕蒂继续说她的，就像我什么都没说一样。可能我的确什么都没说。

“我成了自己唯一的顾客。”她说，“我把那些维生素都吃了，估计就是那些药片影响了我的皮肤。你觉得我的皮肤看起来没事吗？吃维生素也会服用过量吗？我现在上厕所都不大正常了。”

“亲爱的。”我说。

帕蒂说：“你根本不关心我是不是在吃维生素。我说的就是这一点。你什么都不关心。今天下午下雨，挡风玻璃的雨刷坏了，我差点儿出车祸。就差那么一点儿。”

我们继续边喝边聊，直到我得去上班了。帕蒂说她如果还能扛住困劲儿的话，就在浴缸里泡个澡。“我站着都快睡着了。”她说，“维生素，现在也就剩下它们陪着我了。”她看看厨房，又看看她的空酒杯。她醉了。但她还是让我吻了她。然后我就去上班了。

下班后，我常去一个地方，一方面是为了那儿的音乐，一方面也因为在酒吧打烊之后，只有那儿还能找到酒喝。那地方叫“百老汇之外”，位于一个黑人区，主要是黑人光顾。老板也是个黑人，叫卡基。在别的地方关门后，人们便到这儿来，叫上一杯招牌特饮——加一小杯威士忌的皇冠可乐。也有人自带威士忌，藏在衣服底下，点一听皇冠可乐，自己兑在一起。有乐队即兴演出，那些在别的地方没喝够的酒徒们便陆续前来，边喝边听音乐。有时也有人跳舞，但主要是随便坐坐，喝酒，听音乐。

偶尔会有个黑人拿酒瓶子打在另一个黑人的脑袋上。曾经有个故事广为流传：有人被什么人跟踪至男厕，手放在下面小便的时候，被割了喉。不过，我从没遇到过什么麻烦。没有什么是卡基搞不定的。卡基是个大块头，大光头在荧光下闪着怪异的光。他穿着那种长得盖住大半截裤子的夏威夷衬衣，我猜他的腰带里面肯定别着什么东西，至少有根短棍什么的。如果有人闹出了格，卡基就会走到挑事的一方身边，把他的大手放在那个人的肩膀上，说几句，事情就了结了。几个月里我时不时地去那儿。我喜欢听卡基对我说的那些话，比如“朋友，今晚感觉怎么样”

或是“朋友，有阵子没见啦”之类的。

我和唐娜约会那天，我带她去了“百老汇之外”。那是我们唯一的一次约会。

午夜刚过，我就走出了医院。天晴了，星星出来了。刚才和帕蒂喝的那点儿威士忌仍让我的脑袋嗡嗡直响，但我还是想在回家的路上，顺便去趟“新吉米”酒吧，再来上一杯。唐娜的车停在我车旁的空位上，唐娜坐在车里。我想起了我们在厨房里分享的那个拥抱。那时她说：“现在不行。”

她把车窗摇下来，弹烟灰。

“我睡不着。”她说，“我脑子里有事儿，睡不着。”

我说：“唐娜，嘿，很高兴见到你，唐娜。”

“我不知道自己怎么了。”她说。

“想去哪儿喝一杯吗？”我说。

“帕蒂是我的朋友。”她说。

“她也是我的朋友，”我说，“走吧。”

“我只是想让你知道。”她说。

“有家酒吧，是个黑人去的地方，”我说，“音乐不错。

我们可以喝一杯，听听音乐。”

“你开车载我？”唐娜问。

我说：“好，你挪边上去吧。”

她立刻说起维生素的事儿：维生素不行了，维生素价格暴跌，维生素市场一败涂地。

唐娜说：“我真不想这样对待帕蒂。她是我最好的朋友，而且她在想办法让事情变得好起来。但我可能还是得辞职了。你得发誓，别跟别人说！我得吃饭，得交房租。我需要双新鞋，需要件新大衣……卖维生素不管用了。”唐娜接着说：“我觉得维生素再也不会像以前那样好卖了。我什么都没跟帕蒂说呢，我现在还只是想想而已。”

唐娜把手放在我的腿边。我够到她的手，捏着她的手指。她捏了捏我的，把手抽了回去，按下了车上的点烟器。点上烟后，她又把手放了回来。“我最不想的就是让帕蒂失望。你明白我的意思吗？我们曾经是一个团队的呀。”她把香烟递给我说，“我知道这不是你抽的牌子，但试试吧，抽一口。”

我在“百老汇之外”的停车场里停下车。三个黑人倚在一辆旧克莱斯勒前面，挡风玻璃已经碎了。他们只是懒洋洋地待在那里，来回传递一个裹在纸袋里的酒瓶，轮流喝着。他们看着我们。我下了车，走过去给唐娜打开车门。关好车门后，我挽起唐娜的胳膊，向街那边走去。那几个黑人只是看着我们。

我说：“你可别告诉我，你是想搬到波特兰去吧？”

我们走在人行道上，我的手搂在她的腰上。

“关于波特兰我可什么都不知道。我从没想过去波特兰。”

“百老汇之外”的前厅和普通的咖啡厅或酒吧没什么两样。零星几个黑人坐在吧台边，还有几个人坐在铺着红色餐布的餐桌前，对付着各自盘子里的食物。我们穿过前厅，走进宽敞的后厅。靠墙有一长排卡座，紧里面是乐队演出的舞台，舞台前面的空地就算是舞池了。别的酒吧和夜总会还在营业，所以现在这儿还没什么人。我帮唐娜脱下外套，选了一个卡座，把香烟放在桌上。名叫汉娜的黑人女招待走了过来，冲我点点头，又看了看唐娜。我点了两杯皇冠特饮，决心好好享受今晚。

饮料送来了，我付钱后，和唐娜各自啜饮一口，就搂抱起来。我们挤压着，抚摸着，吻着对方的脸颊，就这样持续了一会儿。唐娜会不时停下来，向后躲，把我推开一点，攥住我的手腕，盯着我的眼睛。然后她会慢慢闭上眼，我们又吻在一起。没多久，人多了起来。我们停止亲吻，但我的手一直搂着她，她的手也放在我的腿上。两个黑人小号手和一个白人鼓手开始玩起他们手中的那些家伙。我琢磨着，和唐娜再喝上一轮，听一曲音乐，然后就去她那儿，把事儿做完。

我刚向汉娜又要了两杯酒，一个叫贝尼的黑人就走了过来，旁边还跟着个壮汉，是个衣着笔挺的黑人。这个大家伙，眼睛又小又红，穿着一身三件套的细条纹西服，玫瑰红色的衬衣，打着领带，披着宽大衣，戴着浅顶软呢帽。总之是全套的行头。

“老兄，还好吗？”贝尼说。

贝尼伸出手，和我握了握。我和贝尼以前聊过天。他知道我喜欢这儿的音乐。过去只要我们在这儿碰见，他就会过来和我聊几句。他喜欢谈论约翰尼·霍杰斯[1]，讲他给约翰尼吹萨克斯伴奏的事。他会说这样的话：“想当年，

① 约翰尼·霍杰斯(Johnny Hodges,1906－1970),美国爵士乐萨克斯演奏家,艾灵顿公爵的乐队里萨克斯组领衔乐手。

我和约翰尼在梅森市有过这么一次演出……”

“你好，贝尼。”我说。

“我想让你认识一下纳尔逊。”贝尼说，“他今天刚从越南回来，就今天早晨。他是来这儿听音乐的，以防万一，他还穿上了舞鞋。”贝尼看着纳尔逊，点点头。“这就是纳尔逊。”

我看着纳尔逊锃亮的皮鞋，又看看他。他看起来像是正在记忆里搜寻，想认出我似的。仔细打量了我一番之后，他咧开嘴笑了，露出他的牙齿。

“这是唐娜。”我介绍道，“唐娜，这是贝尼，这是纳尔逊。纳尔逊，这是唐娜。”

“你好，姑娘。”纳尔逊说。唐娜立刻回话：“你好啊，纳尔逊。你好，贝尼。”

“要不我们就加进来，和你们坐一桌吧？”贝尼说，“怎么样？”

我嘴上说：“当然行。”

但我心里很烦，他们怎么不坐别的桌呢。

“我们可待不了太久。”我说，“把这杯酒喝完，就得走了。”

“我知道，老兄，我知道。”贝尼说着，坐在我的对面，而纳尔逊早就一屁股坐了下来。“你们还有事，还要去别的地方。没问题，先生，贝尼明白。”贝尼一边说，一边冲我眨了眨眼。

纳尔逊看看唐娜，摘下帽子，一边用他的大手转着那顶帽子，一边在帽檐上搜寻着什么。他在桌上给那顶帽子腾出块地方，抬头看着唐娜，笑笑，活动了一下自己的肩膀。每隔几分钟，他就要活动他的肩膀，仿佛那对肩膀是什么很重的东西，他扛了它们很久，累得不行。

“我敢肯定你跟他是很好的朋友。”纳尔逊对唐娜说。

“我们是好朋友。”唐娜说。

汉娜来了。贝尼点了皇冠特饮。纳尔逊从他的大衣里掏出一瓶一品脱装的威士忌。

“好朋友，”纳尔逊说，“很好的朋友。”他拧开威士忌的瓶盖。

“纳尔逊，小心点儿，”贝尼说，“别让别人看见。”贝尼又对我们说：“纳尔逊刚从越南回来，刚下飞机。”

纳尔逊举起瓶子，喝了几口后，拧上盖子，把瓶子放在桌上，又把帽子扣在上面。“很好的朋友。”他嘟囔着。

贝尼看着我，转了转眼珠。他也醉了。他对我说："我必须调整好自己的状态。"他从他们点的两杯特饮里各喝了一口，把酒杯拿到桌子底下，偷偷地兑上威士忌，然后把酒瓶子放进了他的大衣口袋。"老兄，我的嘴有一个月没碰萨克斯了。我得赶紧重新拾起来。"

我们挤在卡座里，面前的桌上堆满了酒杯。纳尔逊的帽子还在桌上。"你，"纳尔逊对我说，"你其实是跟别人在一起的，对不对？这个美人不是你老婆。我知道。但你和她是很好的朋友。我没说错吧？"

我又喝了点儿酒，但没尝出威士忌的味道，我什么都尝不出来了。我说："我们在电视上看到的那些有关越南的事，都他妈是真的吗？"

纳尔逊用他的红眼珠盯着我，说道："我只是想问你，你知道你老婆现在在哪儿吗？我敢打赌，你在这儿装模作样地和你的好朋友坐在一起的时候，她正和别的家伙在一块儿呢，摸人家的奶头，帮人家撸鸡巴呢。我敢打赌，她也给自己找了个好朋友。"

"纳尔逊！"贝尼说。

"别管我。"纳尔逊说。

贝尼说："纳尔逊，你别烦人家了。那边另一个卡座里也有人，我以前跟你提过的人。"他再次对我说："纳尔逊今天早上才刚下飞机。"

"我知道你在想什么，"纳尔逊说，"我能肯定你在想：'现在这儿有个又黑又壮的醉鬼，我该拿他怎么办呢？可能我得动动手，抽他一顿！'你是这么想的吧？"

我环顾左右。我看见卡基正站在舞台前面，身后那些乐手正忙活着。舞池里有几个跳舞的。我想卡基正看着我，不过即使他看了我一眼，现在他的脸也已经转回去了。

"是不是该你说句话了？"纳尔逊说，"我只是跟你逗着玩呢。离开越南后，我还没和别人开过玩笑呢。那些越南佬，我倒是逗过他们几回。"他又咧开嘴笑了笑，大厚嘴唇向后翻着。然后，他不笑了，直愣愣地瞪着我。

"给他们看看那只耳朵。"贝尼把酒杯放在桌上，说，"纳尔逊从一个矬子脑袋上割了只耳朵。他带在身上呢。给他们看看，纳尔逊。"

纳尔逊坐在那儿，摸起大衣口袋。他把兜里的东西翻出来，掏出几把钥匙，还有一盒止咳药水。

唐娜说："我可不想看什么耳朵。恶心，恶心死了。

天哪！”她看着我。

“我们得走了。”我说。

纳尔逊还在摸自己的口袋。他从西服内兜里拿出一个钱包，放在桌上。他拍拍钱包。“这里面有五张大的。听着，”他对唐娜说，“我给你两张。你跟我走吗？我给你两张大的，你给我吹吹箫。就像他的女人正给别的大家伙做的那样。你听见了吗？你知道，这会儿，就在他的手伸进你裙子里的时候，她的嘴正放在那人的家伙上吹呢。我不骗你，这钱给你。”他从钱包里拉出钞票的一角，接着说：“这儿还有一百块，给你的好朋友，这样他就不会觉得太失落了。不过，他什么都不用做。”纳尔逊转过来对我说：“你什么都不用做。你就坐这儿，喝你的酒，听你的音乐。这儿的音乐很好。我和这个女人一起出去一下，就像好朋友一样。然后她会一个人走回来。用不了多久，她一会儿就回来。”

“纳尔逊！”贝尼说，“别说了，纳尔逊。”

纳尔逊笑了。“我已经说完了。”他说。

他找到了他一直想摸的东西：一个银烟盒。他把它打开，我看见了里面的一只耳朵，被放在一团棉花上，就像一朵干燥的蘑菇。但那是一只真耳朵，被穿在一个钥匙链上。

“天哪！”唐娜说，“真恶心！”

“怎么样，有意思吧？”纳尔逊一边说，一边观察着唐娜。

“去你的，滚蛋。”唐娜说。

“姑娘……”纳尔逊说。

“纳尔逊。”我说。纳尔逊的红眼睛盯着我。他把他的帽子、钱包和烟盒推到一边。

“你想要什么？”纳尔逊说,“你想要什么我给你什么。”

卡基把一只手放在我的肩上，另一只手放在贝尼的肩上。他向前靠过来,光头在灯光下发亮。“怎么样啊兄弟们？玩得都还高兴吧？”

“都挺好，都挺好，卡基。”贝尼说，“都没事。他们俩正要走，我和纳尔逊再坐会儿，听会儿音乐。”

“那好，”卡基说，“我的格言就是‘大伙儿都高兴’。”

他环顾卡座，目光停在纳尔逊放在桌上的钱包上，还有钱包旁边打开的烟盒。他看见了耳朵。

“那是真耳朵？”卡基问。

贝尼说：“没错。拿给他看看，纳尔逊。纳尔逊带着这只耳朵，从越南回来，刚下飞机。这只耳朵可是转了半个地球，才来到今晚这张桌子上的。纳尔逊，给他看看。”

纳尔逊拿起烟盒，递给卡基。

卡基仔细研究起耳朵来。他拿起钥匙链，在自己面前晃悠链子上的耳朵。他看着它，任由它前后摇摆。“我以前听说过干燥耳朵、干燥鸡巴这类东西。”

“我是从一个越南佬身上割下来的。”纳尔逊说，“他这只耳朵再也听不见什么喽。我想给自己弄个纪念品。”

卡基把钥匙链上的耳朵翻了个面。

我和唐娜起身，准备离开卡座。

“姑娘，别走啊。”纳尔逊说。

“纳尔逊！”贝尼说。

这时，卡基看向纳尔逊。我拿起唐娜的外衣，站在卡座边上，腿抖了起来。

纳尔逊扯开嗓门喊道：“你要是跟这个浑蛋走，你要是想让他在你身上尝尝鲜的话，你们俩都得先问问我！”

我们从卡座往外走。人们的目光都落到这边来。

我听见贝尼还在说着："纳尔逊今天早上才从越南飞回来，我们喝了一整天的酒，一直没睡，真是创纪录了。但我和他，我们俩没事儿，卡基。"

纳尔逊的喊叫压过了音乐。他吼道："这样做对谁都没好处！不管你做什么都帮不了任何人！"我开始还能听见他嚷嚷这些，后来就什么都听不见了。音乐停了一下，又继续响起来。我们只顾着走，没有回头看，一直走到外面的人行道上。

我打开车门，让唐娜坐进去，开车回医院。唐娜坐在座位上，一直没睡。她用车上的点烟器点着了烟，不说话。

我试着打破沉默。我说："唉，唐娜，别为这个烦恼了。对不起，发生了这种事……"

"我其实需要那些钱，"唐娜说，"我在想的是这个。"

我继续开车，没去看她。

"真的，"她晃晃脑袋，接着说，"我真的需要钱。我不知道怎么办。"她低下头，哭了起来。

"别哭了。"我说。

"我明天不去上班了，哦，是今天。反正闹钟响了，我也不去了。”她说，“我要离开这座城市。刚才的事就是对我的暗示。”她把车上的点烟器推了进去，等着它再弹出来。

我把车停在我的车旁边，熄了火。我看了看后视镜，有点担心会看见纳尔逊坐在那辆老克莱斯勒里，跟着我开过来。我的手在方向盘上停了一会儿，然后放到腿上。我不想去碰唐娜。那晚在我家厨房里分享的拥抱，刚才在“百老汇之外”里交换的亲吻，都已然过去了。

我问：“你打算怎么办？”但我不关心答案。就算那时她突发心脏病，死在那儿，对我也没什么意义了。

“或许我可以去波特兰。”她说，“波特兰肯定有什么特别之处，要不怎么现在大家总想到那儿去呢？波特兰怎么就这么吸引人？成天波特兰这个，波特兰那个的。可能波特兰也不比别的地方好到哪儿去。都一个德行。”

“唐娜，”我说，“我得走了。”

我准备下车，打开车门，车里的顶灯自动亮了起来。

“看在上帝的分上，把那灯关上！”

我赶紧下车。“晚安，唐娜。”我说。

我离开的时候，她只是盯着仪表盘看。我把我的车点着火，打开车灯，挂上挡，踩下油门。

我倒上苏格兰威士忌，喝了一口，拿着酒杯走进卫生间。我刷了牙，然后拉开一个抽屉。帕蒂在卧室里嚷嚷起什么来。她推开卫生间的门。她还穿着衣服。我想，她没脱衣服就睡着了。

“几点了？”她尖叫着，“我睡过头了！天哪，我的天哪！你怎么让我睡过了头，你这个该死的！”

她像个疯子，穿着衣服站在门口。她刚才可能正准备上班去，但这儿既没有样品箱，也没有维生素。她只不过是做了个噩梦，仅此而已。她开始左右摇晃起脑袋。

今晚，我无法再忍受这些了。我对帕蒂说：“接着睡吧，亲爱的。我正找东西呢。”我从医药箱里碰掉了什么东西，它们滚进了水池。我问她：“阿司匹林哪儿去了？”我又打翻了一些别的东西，但我毫不在意。许许多多的东西不断坠落下来。

小心

经过多次交谈——或者用他妻子伊内兹的话说，那叫评估——之后，劳埃德从他们的房子里搬出来，自己一个人住。新家在一幢三层楼的顶层，有两个房间和一个卫生间。房顶倾斜得厉害，他只能缩着头走路，从窗户向外看得弯着腰，上下床也要格外小心。两把钥匙，一把是开楼门的。进楼后，他要先爬一段楼梯，到达一个平台后，再爬一段楼梯，才到他的房门，用另一把钥匙开这扇门的锁。

一天下午，他抱着个纸袋回家，纸袋里装了三瓶安德烈牌香槟和一些午餐肉。爬到平台上，他歇了一下，瞥了一眼女房东的客厅，正好看见那个老太太仰面躺在地毯上，像是睡着了。接着他突然想到，她别是死了吧？不过客厅里电视开着，于是他对自己说，老太太只是睡着了。他不知道里面是什么状况。就在他把纸袋从一只手换到另一只手上的时候，那个女人轻轻咳嗽了一声，手挪到身旁，接着又一动不动，恢复了平静。劳埃德继续走上楼，打开房门的锁。那天傍晚，他从厨房窗户向外看的时候，看见那个老太太站在院子里，戴着草帽，一手叉着腰，用一把小喷壶浇三色堇。

他的厨房里，炉子和冰箱上下连成一体，都很小，就挤在水池和墙之间。每次想从冰箱里拿点东西出来，他都要弯下腰，几乎得跪在地上才行。不过这没什么，反正除了果汁、午餐肉和香槟以外，他的冰箱里几乎不放别的东西。炉子有两个灶眼，他偶尔用一只深平底锅烧水，冲速溶咖啡。但有时一连好些天，他一口咖啡都不喝。他忘了喝，要么就是不想喝。一天早上他刚醒来，便马上喝起香槟吃起碎屑甜甜圈来。要是在几年前，他肯定会为自己这样吃早餐感到好笑。如今，他倒没觉得有什么不正常的了。其实，他完全没把这顿早餐放在心上，直到晚上躺在床上，回想着这一天自己从早起开始做过的事。起初，他想不起来什么特别的，后来才想起自己吃甜甜圈喝香槟的事。本来，他觉得这有点儿出格，可以向朋友们吹嘘吹嘘。但他越想越觉得这真的没什么。他的早餐就是香槟就甜甜圈，那又怎样？

他的房间带家具，有一套餐桌餐椅，一张小沙发，一把旧安乐椅，还有一台电视，放在一个咖啡桌上。他不用付电费，电视机也不是他自己的，所以有时他会一整天都开着电视。不过，除非遇到什么他想看的节目，否则他都会把音量调到最低。他没有电话，无所谓，他也不想要电话。卧室里有张双人床，还有床头柜、衣橱和卫生间。

一天上午十一点，伊内兹过来看望他。那时，他搬到这儿两个星期了，一直想着她什么时候会过来看看。不过，他正试着想点儿辙，解决自己酗酒的问题，所以他倒很高兴能独自待着。他对伊内兹说得很清楚：一个人待着就是他最需要的状态。伊内兹来的那天，他穿着睡衣坐在沙发上，正用拳头敲着自己脑袋右侧。就在又要敲打自己的时候，他听见楼下的平台上有动静。他听出来是妻子的声音。那声音就像是从遥远的人群里传来的模糊低语，但他知道那是伊内兹，有一种预感让他觉得，她这次来一定是为了要紧的事。他又用拳头敲了一下脑袋，然后站了起来。

那天早上醒来，他发现耳朵被耳屎堵住了，什么都听不清，平衡感也渐渐没了。刚才的一个小时里，他都待在沙发上，近乎绝望地和自己的耳朵较劲，不住地捶打自己的脑袋。他不时地按摩下方的软骨，拉拉自己的耳垂，然后，一边粗暴地用小指掏耳朵，一边模仿打哈欠的样子，使劲张开嘴。能想到的法子他都试过了，快没招儿了。他听见楼下模糊的说话声停了下来，狠狠地敲了一下脑袋，喝光酒杯里的香槟，关上电视，把杯子放到水池里，又把那瓶打开的香槟从水池旁的台子上拿走，放到洗手间马桶后面，然后走过去开门。

“你好，劳埃德。”伊内兹说，但没有笑。她站在门口，穿着一身明亮的春装，他以前没见过这身衣服。她提着一个两侧绣着向日葵的帆布包，他也没见过。

“我以为你没听见我敲门呢。”她说，“我以为你出去了，或是在做什么事。但楼下的女人，叫什么来着？啊，马修斯夫人。她觉得你就在家里。”

“我听见你的声音了，但就是听不清。”他拉了一下睡裤，挠挠头说，“我现在状态糟透了。快进来吧。”

“现在已经十一点了。”她说着走进来，带上门，样子就像是根本没听见他刚才说的话。或许她真的没听见。

“我知道几点了，”他说，“我早就起床了。八点我就起来了，还看了一段《今日秀》[1]呢。但没过多久，我的耳朵堵住了，逼得我现在快疯了。你还记得这种事以前也发生过一次吗？那时我们住的地方离那个中餐外卖的小饭馆很近，孩子们还在那儿看见过一只拖着链子的斗牛犬呢。那次我不得不去看医生，冲洗耳朵。你肯定记得。是你开车送我去的，我们在那儿还等了很久。现在就有点儿像那时候，我是说，情况一样严重。只是今天早上我没法去看医生。主要是我现在没有家庭医生。我都要疯了，伊内兹。我想着干脆把自己的脑袋割下来算了！”

他坐在沙发的一头，她坐在另一头。但沙发很小，他们还是坐得很近，近得他伸手就能摸到伊内兹的膝盖。但他没那么做。伊内兹匆匆扫了一眼房间，眼睛又盯在他身上。他知道自己还没刮胡子，头发也都乱蓬蓬地竖着。但她是他的老婆，他的一切她都了解，没什么要藏着掖着的。

“你没试过什么法子吗？”她一边问，一边打开手包，掏出香烟，“我是说，你从早晨到现在，都用过什么法子来对付你的耳朵？”

“你说什么？”他把脑袋转向左侧冲着她。“伊内兹，

① 《今日秀》（*The Today Show*），美国 NBC 电视台的早间新闻脱口秀节目。

我发誓，我可一点儿都没夸张。我真是快被逼疯了。我说话的时候，感觉自己就像装在一个桶里似的，整个脑袋都嗡嗡响。我也听不清声音，你的说话声就像是从一个铅管里传过来的。”

伊内兹问：“你有没有棉签，或是威臣油[1]？”

“亲爱的，这可不是开玩笑，”他说，“我可没有什么棉签或是威臣油。你是在逗我玩儿吗？”

“如果有威臣油，我可以把它加加热，滴到你的耳朵里。我妈以前常这么干。”她解释说，“那样耳朵里面的东西就能软化。”

他摇摇头。他觉得自己的脑袋里满满当当的，就像灌满了液体。以前，他在市立游泳馆里贴着泳池底潜泳后浮上水面，耳朵里会灌满水，现在的感觉就像那样。只不过，那时要想把耳朵里的水弄出来很容易：他只需要吸足气，闭上嘴，捏紧鼻子，然后鼓起腮帮子，让气都冲进脑袋里，耳膜就会向外鼓起来。几秒钟后，水就会从耳朵里流出来，滴到他的肩膀上，那感觉很爽。然后他便会在池边撑起身子，从泳池里一跃而出。

---

① 威臣油（Wesson oil），美国一种食用植物油。

伊内兹抽完烟，捻灭烟头。“劳埃德，我们得谈谈。但事情只能一样一样地办。先去坐在椅子上吧，不是那把，是厨房里的椅子！厨房亮堂一些。”

他又重重地打了脑袋一拳，坐到餐椅上。她走过来，站在他身后，手指碰触他的头发，把耳边的头发拨开。他去够她的手，但她躲开了。

“你说的是哪只耳朵来着？”她问。

“右耳，”他说，“右边那只。”

“首先，”她说，“你得坐好了别动。我去找个细发卡和一些餐巾纸。我试试看，把发卡伸进你的耳朵里去，说不定行得通。”

想到她要把一个发卡插进自己的耳朵里，劳埃德有点儿惊慌，嘟囔了几句。

“什么？”她问，“天哪，我也听不见你说话了。可能这种事也传染。”

“小时候，在我们学校里，”劳埃德说，“有个保健老师，也算个护士吧。她跟我们说过，永远不要把尺寸小于胳膊肘的东西放进耳朵里。”他模糊地想起那时挂在墙上的一张图，上面画着一只很大的耳朵，里面是一套复杂的结构，管子、通道、墙壁之类的。

“嗯，你们那个护士可没碰到过你现在这种问题。”伊内兹说，“反正，我们只能试着来了。先试试这招儿，不行就再想别的办法。人生不就是这样吗，是不是？”

“你这话有什么潜台词吗？”劳埃德问。

“我说的就是这意思。你爱怎么想就怎么想，反正那是你的自由。”她说，“现在，我找东西去，你坐着别动。”

她翻了一遍手包，没找到她要找的东西。最后，她把包里的物件都倒在了沙发上。“没有发卡，”她说，“该死。”但她的话像是从另一间屋子里传过来的。在某种程度上，这些话就像是劳埃德自己想象出来的。很久以前，他们曾习惯于相互间那种心有灵犀的默契。那时，一个人刚说了上半句，另一个就能接出下半句来。

她拿起一把指甲刀，摆弄了一会儿。然后他看见那个小玩意儿在她手上被掰成两半，一半被旋开，一截指甲锉从刀片上伸出来，在劳埃德看来，她就像正拿着一把小匕首。

“你要把那玩意儿伸进我的耳朵里？”他问。

“也许你有更好的主意，”她说，“反正我除了这个，想不出别的来了。也许你有铅笔？你想让我用铅笔吗？还是你有改锥什么的？”她边说边笑，“别担心。听着，劳埃德，我伤不着你。我说了我会小心的。我会在它的顶端裹点儿纸巾。出不了事。就像我刚才说的，我会小心的。你就在这儿坐好了，我去拿点儿纸巾来。我会把它做成一个小棉签。”

她走进卫生间，半天没出来。劳埃德坐在餐椅上没动，他在琢磨着该跟她说什么好。他想告诉她，他现在只喝香槟，别的什么都不喝。他也想告诉她，他连香槟也慢慢喝得少了，他迟早会连香槟也戒掉。但等伊内兹回来了，他什么也说不出来。他不知道该从何说起。不过，她连看也没看他一眼。她从刚才倒在沙发坐垫上的那堆东西里拣起一根烟，用自己的打火机点着，走到面街的窗户边上站定。她说了些什么，但他听不清。等她说完了，他也没问她到底说了什么。不管她说了什么，劳埃德都知道，他不想让她再说一遍了。她掐灭了烟，但仍站在窗边，身子向前探着，倾斜的屋顶离她的头只有几英寸。

“伊内兹。”他说。

她转过身，走过来。他能看见指甲锉尖上缠的纸巾。

“侧过头去，保持这个姿势。”她说，“对，现在就坐好，不能再动了。不能动了。”她重复道。

“小心点儿，”他说，“看在上帝的分上。”

她没搭理他。

“求你了，求你了。”说完这句，他就不说话了。他很害怕。当他感到指甲锉伸进他的耳朵里，开始它的探索时，他闭上眼睛，屏住呼吸。他觉得自己的心脏停跳了。她又往里面伸进了一点儿，来回转动指甲锉，对付起里面的东西来。他听见耳朵里发出尖锐的声响——

“噢！”

“我碰疼你了？”她把指甲锉从他耳朵里拿出来，向后退了一步，“感觉有点儿不一样了吗，劳埃德？”

他用手捂住耳朵，低下头。

“还是一样。”他说。

她看着他，咬住嘴唇。

“我要去趟卫生间，”他说，“待会儿再弄吧，我得先去趟卫生间。”

“去吧，”伊内兹说，“我想我得下趟楼，看看你的房东有没有威臣油之类的东西。没准她连棉签都有呢。我怎么早没想起来问问她呢？”

“好主意，”他说，“那我去卫生间了。”

她站在门口，看了看他，然后打开门，走了出去。他横穿过客厅，走进卧室，打开卫生间的门。他从马桶后面拿出那瓶香槟，喝了一大口。香槟温吞吞的，他还是一口就喝下去了，接着又喝了几口。刚开始戒酒的时候，他以为只喝点儿香槟没什么关系。没过多久，他发现自己每天都要喝三四瓶香槟。他知道他得赶紧解决这个问题。但现在他得先治好自己的耳朵再说。他得一样一样来，就像伊内兹说的那样。他喝光了剩下的香槟，把空瓶子放回马桶后面。他打开水龙头，刷牙，用毛巾擦过嘴后，回到厨房。

伊内兹已经回来了，正站在炉子边上，用一个小平底锅热着什么东西。她朝他这边瞥了一眼，没说话。他的目光越过她的肩膀，向窗外望去。一只鸟从一棵树飞到另一棵树上，用嘴梳理着自己的羽毛。不知道它叫没叫，反正他什么都没听见。

伊内兹说了些什么，他也没听见。

“再说一遍。”他说。

她摇摇头，转过身去。但她马上又转回来，用足以让他听清的响亮声音慢慢地说：“我看见你在卫生间里藏的东西了。”

“我正试着少喝呢。”他说。

她又说了些什么。“什么？”他问，“你说什么？”他真的没听见。

“我们待会儿再说吧。”她说，“劳埃德，有些事我们得好好谈谈。钱是一方面，但还有别的。不过，现在我们得先看看这只耳朵怎么办。”她把手指伸进锅里，然后从炉子上拿下锅。“先凉一会儿，现在太烫了。”她说，“坐下，把这块毛巾搭在你肩膀上。”

他照做了，坐在椅子上，用毛巾围住脖子和肩膀。他又给了自己的脑袋一拳。

“妈的！”他骂道。

她没看他，只是把手指又伸进锅里试了试，然后把锅里的液体倒进了一只塑料杯里。她拿起塑料杯，走到他旁边。

“别害怕，”她说，“只不过是你房东的婴儿润肤油。我跟她说了你耳朵的问题，她觉得这玩意儿说不定能帮上忙。她也不能保证，但说不定能让耳朵里面的东西松动呢。

她说，她丈夫以前也常出这种状况。有一次她目睹一块耳屎从她丈夫的耳朵里掉出来，跟个大塞子似的，都是耳屎闹的。她没有棉签，她让我们试试这个。我真不明白，她怎么会没有棉签呢？真没想到。”

“好吧，”他说，“行，我现在什么办法都愿意试。伊内兹，如果我一直这样下去的话，还不如死了好呢。你知道吗？我是说真的，伊内兹。”

“把头歪到那边，”她说，“别动。我会把油倒进你的耳朵里，直到倒满为止，再用这块抹布把你的耳朵堵起来。你就这样坐个十来分钟，我们看看效果再说。要是还不行，那我真的没别的法子了，我不知道还能怎么办。”

“这个应该能行，”他说，“要是这个都不行，我就找把枪，把自己崩了。我是说真的。反正我现在就是这种感觉。”

他把头歪到一边，保持着这个姿势。他从这个新的视角看着屋里的东西，但除了所有东西都成了横着的以外，没什么不一样的。

“再歪过去点儿。”她说。他把头弯得更低，只能拽着椅子来保持平衡。视野里的所有东西，几乎就是他生命里的全部东西，好像都在屋子的另一头。他能感到温暖的液体流进自己的耳朵。伊内兹拿来抹布，塞在耳朵上面。不一会儿，她开始在他耳朵的四周按摩起来。她揉着他下巴和头骨间柔软的部分，又把手指挪到他耳朵的上方，指尖前后移动。不一会儿，他就记不清自己到底坐了多久了。可能已经十分钟了，但也可能更久。他仍然拽着椅子没撒手。有时，当伊内兹的手指按压他的头侧时，他能感到伊内兹倒进去的那些油正在他的耳朵里，顺着里面的管道前后冲洗着。有时她的按压让他觉得，自己能听见脑袋里一种轻柔的沙沙声。

“坐直了。”伊内兹说。他坐起来，液体流出来的时候，他用两只手的掌根一起按着头。伊内兹用毛巾接住流出来的东西，又擦了擦他的外耳。

劳埃德能听见伊内兹的鼻息，一出一进。他能听见外面街道上有辆汽车经过，甚至能听见房子后面，就在他厨房窗户的下面，有人用剪刀修剪枝条时的咔嚓声。“怎么样？”伊内兹问。她皱着眉头，手叉在胯上，等着劳埃德的回答。

“我能听见你说话了，”他说，“我好了！我是说，我能听见了。现在你说话再也不像是从水底下传来的了。现在没事了。好了。天哪，有一阵子我还以为我要疯了呢。我现在感觉很好。我什么都听得见。听着，亲爱的，我去给你冲点儿咖啡，我这儿也有果汁。”

“我得走了。”伊内兹说，“我还有事，已经晚了。我还会再来的。我们什么时候一起出去吃午饭吧。我们需要好好谈谈。”

“我只要不侧向这边睡觉，就没事了。”他一边说，一边跟着她走到客厅。她点了根烟。“昨晚就是这么弄的，我一整夜都侧向这边睡，结果这边的耳朵就堵住了。我估计我只要记住别再这么歪着睡，就不会出事了。就是要小心一点儿。你明白我的意思吗？只要我一直都仰着睡，或是侧向左边睡，就没事了。”

她没看他。

“当然也不能永远都这样。我知道，那根本不可能。我不可能永远都不翻身。但这段时间，我只能侧向左边，要不就仰面睡。”

就在叨唠这些的时候，他忽然担心起夜晚的到来了。他开始害怕他要准备铺床睡觉的时刻，以及那之后可能会发生的事。虽然那还要等上好几个小时，他却已经忧心忡忡了。要是大半夜，他意外地翻身到右侧怎么办？整个脑袋的重量都压在枕头上，又会把那些耳屎挤进黑乎乎的耳道里去呀！要是他醒来的时候，又听不见了怎么办？头上还顶着个天花板。

“天啊！”他说，“哎呀，太可怕了。伊内兹，我就像刚做了个噩梦一样。伊内兹，你这是要去哪儿？”

“我不是跟你说过了吗？”她说着，把所有东西都收回到她的手包里，准备离开。她看了看手表，一边向门口走去，一边说着：“我要迟到了。”但到了门前，她转过身，又向他说了点儿什么。他没去听。他不想听。他看着她的嘴唇开开合合，直到说完那些她非说不可的话。说完了，她说了声“再见”，打开门，又带上了门。

他去卫生间里换衣服。但他刚穿上裤子就跑了出来，跑到门口。他打开门，站在那儿，听着。他听见楼下伊内兹正在感谢马修斯夫人借给她润肤油。他听见老太太说：“别客气。”他听见她把自己和她过世的丈夫联系在了一起。他听见她说：“留下你的电话吧。如果有什么事，我就给你打电话。什么事都说不准啊。”

"但愿不会到那一步。"伊内兹说，"但我还是告诉你我的电话吧。你有纸什么的吗？我好写下来。"

劳埃德听见马修斯夫人拉开抽屉，一阵翻找。然后，他听见老太太说："找到了。"

伊内兹把他们家的电话留给了她，又说了声："谢谢。"

"很高兴见到你。"马修斯夫人说。

他听着伊内兹走下楼梯，打开前门。他听见门关上了。他继续等着，直到听见她发动车子开走之后，他才关上门，走回卫生间，接着把衣服穿好。

他穿好鞋，系上鞋带后，躺在床上，拉过被子蒙住脸。他把胳膊放在身子两侧，也盖在被子里面。他闭上眼睛，假装现在就是晚上，他要睡觉了。他伸出胳膊，交叉在胸前，想看看这种姿势是不是舒服。在试的过程中，他一直闭着眼。没问题，他想，如果他不想让自己的耳朵再堵住的话，只要仰着睡就行了。他知道自己能做到，只要在睡着以后别忘了，别翻身到右侧去，就行了。反正他每晚也就需要四五个小时的睡眠，他能做到的。这还不算太坏。而且，从某种程度上讲，这也是对他的一种考验。他能顶得住。他知道他能行。他马上掀开被子，站了起来。

还要等大半天才到晚上呢。他走进厨房，弯下腰，从小冰箱里拿出一瓶新的香槟。他小心翼翼地把塑料塞子从瓶子上拔下来，但还是有泡沫喜气洋洋地冒出来。他用水冲掉塑料杯里的润肤油，倒满香槟，拿着杯子走到沙发边坐下来。他把杯子放在咖啡桌上，脚也搭在上面，就在香槟旁边，身体向后仰去。过了一会儿，他又开始担心即将到来的夜晚。就算他努力了半天，但要是耳屎决定堵住他另一只耳朵怎么办呢？他闭上眼，摇摇头。不一会儿，他站起来，又走进卫生间，脱下衣服，换上睡衣。他重新回到客厅，又一次坐在沙发上，又一次把脚搭在咖啡桌上。他伸手打开电视，调整了音量。他知道自己没法不去想睡觉时可能发生的事情。他只能学着去忍受这种担忧。不知为什么，耳朵这件事让他想起那天早晨的甜甜圈和香槟。仔细想想，那不也没什么大不了吗。他喝了点儿香槟，味道不大对。他用舌头舔舔嘴唇，用袖口擦擦嘴。他发现香槟上有一层薄膜一样的油脂。

他站起来，走到水池边，把杯子里的酒倒进排水口，拿着那瓶香槟走回客厅，舒舒服服地坐在沙发上，攥着瓶颈，对着瓶嘴喝起来。他从没有这种直接从瓶子里喝酒的习惯，但现在看来，也没什么出格的了。他想，就算是他大下午坐在沙发上睡着了，那也不比非得仰面躺上几个小时更奇怪。他低着头，凝视窗外。根据阳光以及房间里阴影的角度判断，他猜现在差不多是下午三点。

何方来电

我和 J.P. 坐在弗兰克·马丁戒酒中心的前门廊上。就像所有待在这儿的人一样，J.P. 首先是个酒鬼。但他也是个扫烟囱的人。他第一次来这儿，有点害怕。我以前来过一次。怎么说呢？我回来了。J.P. 的真名叫乔·彭尼，不过，他让我叫他 J.P.。他三十来岁，比我年轻一点儿，但也没小多少。他正在给我讲他当初是怎么决定干起他这行来的。他喜欢一边说话一边比画。但他的手总是哆嗦。我的意思是，它们没法不哆嗦。他说："我以前不这样。"他是指以前不抖。我对他表示同情。我告诉他，抖动会平息下来的，会的，但得花时间。

我们到这儿才两三天，还远没有康复。J.P. 的手仍在抖，而我的肩膀常常会感到神经性痉挛，也可能不是神经，反正是哪儿出了问题。有时痉挛会出现在脖子一侧。那时，我就会口干舌燥，吞咽都很困难。我知道要出事了，希望能阻止它。我想把自己藏起来，避开它，那就是我想做的。只是闭上眼，让它擦肩而过，降临到下个人身上。J.P. 可以等一等。

昨天早晨，我目睹了一次心脏病发作。发病的人是个肥胖的大块头，他们管他叫泰尼[①]，是个来自圣罗莎[②]的电工。他们说，他来这儿快两个星期了，已经度过了戒酒最艰难的时期，一两天后就能回家，在新年前夜和老婆一起看电视了。泰尼打算在那天晚上喝热巧克力，吃小甜饼。昨天早晨，他下来吃早点的时候看起来还好好的。他学着嘎嘎的声音，向一个家伙展示他是怎么把鸭子引过来，然后嘭嘭两枪，一枪一只。泰尼的头发是湿的，两侧的头发又滑又亮，拢到后面。他刚冲过澡，刮胡子的时候划破了下巴。但这又能说明什么呢？几乎所有在弗兰克·马丁这儿的人下巴上都有划痕。这种事在所难免。泰尼挤到桌子的一头，开始讲他某次纵饮时发生的事。一桌子的人都一边往嘴里塞着鸡蛋，一边摇头晃脑地笑着。泰尼说一会儿，咧嘴笑笑，然后看看桌边的人，等着他们露出认可的神情。

① “泰尼”（Tiny）有“微小”之意，是个玩笑性的绰号。

② 圣罗莎（Santa Rosa），美国加州城市。

大家都做干过类似的疯狂傻事，所以都笑了起来。泰尼的盘子上盛着炒鸡蛋，还有一些饼干和蜂蜜。我坐在桌边，面前摆着咖啡，但我不饿。突然，泰尼不见了。他咚的一下从椅子上摔了下去，仰面躺在地板上，闭着眼，脚后跟像敲鼓一样不停地踹着地毯。众人大声喊弗兰克·马丁。其实他就在旁边。几个人跪在泰尼身旁，其中一个家伙把手指伸进泰尼的嘴里，想拉住他的舌头。弗兰克·马丁大叫："所有人都靠边！"这时我注意到，我们这伙人全部向前探着身子，不错眼珠地盯着泰尼。"给他留点儿新鲜空气！"弗兰克·马丁说着跑进办公室，叫了救护车。

泰尼今天就归队了。好得还真快。早上，弗兰克·马丁开着那辆旅行车去医院接他。他回来得有点儿晚，鸡蛋已经没了。不过他还是端着咖啡来到餐厅，在饭桌旁坐下。厨房里有人为他烤了面包，但泰尼没吃。他只是坐在那儿，看着自己的咖啡，不时前后挪动面前的咖啡杯。

我很想问问他，出事前是不是有什么预感。我想知道，他是感到心跳有了间歇，还是突然加速？他的眼皮跳了吗？但我什么都不打算问，反正他看起来也不想谈这些。但是，我永远也忘不了泰尼出事时的情景。老泰尼横躺在地板上，双脚乱踹。那之后，每当这样的痉挛突然袭击我身体的某个部位，我都会深吸一口气，等着自己仰面躺倒，向上看着别人的手指伸进我的嘴里。

J.P. 坐在前门廊的椅子上，手一直放在大腿上。我抽着烟，用一个旧煤斗当烟灰缸，听 J.P. 没完没了地闲谈。上午十一点，离午餐还有一个半小时。我们两个都不饿，但还是很期待能赶紧进餐厅，在桌旁坐下。说不定一坐下我们就饿了呢。

J.P. 到底在说什么呢？他在讲自己十二岁的时候曾掉进一口井里，就在他从小长大的农场附近。幸运的是，那是一口干井。“也可以说是不幸。”他说着，四面看了看，摇摇头。他跟我讲，那天下午，他爸爸找到他后，是怎么用绳子把他拽出来的。在井里，他经历了所有的恐惧，尿了裤子，呼号着求救，等待，然后再呼号，直到嗓子喊得嘶哑。他告诉我，那次经历给他留下了无法磨灭的印象。他坐在井底，抬头看着井口。他看见一汪蓝天高悬头顶，偶尔会有白云飘过。一群鸟飞过，它们的振翅声在 J.P. 听来是一阵奇怪的骚动。在井里，他还听见了别的声音。他听见有沙沙声从上面传下来，他不知道是不是有什么东西掉进了自己的头发里。他想可能是昆虫吧。他听见井口风的呼啸，那种声音他到现在还记着。总之，在井底，他生命中的一切都变了。不过，没有任何东西掉下来砸到他，也没有什么东西遮蔽那一小汪蓝色。然后，他爸爸拿着绳索来了，没多久，他就又回到了他一直生活的世界里。

“接着说，J.P.。然后怎么样了？”我说。

他十八九岁，刚刚高中毕业，无所事事。一天下午，他横穿镇子去看一个朋友。那个朋友住的房子里有壁炉。J.P. 和他的朋友坐着喝啤酒，闲扯，听音乐。后来，门铃响了。朋友打开门。一个扫烟囱的年轻女孩拿着清洁工具站在门口。女孩头上戴的黑色礼帽让 J.P. 大吃一惊。她跟 J.P. 的朋友说，有人请她来清扫烟囱。朋友让她进来，还冲她鞠了一躬。女孩根本没注意他。她在壁炉前的地面上铺开一张毯子，摆上自己的工具。她穿了一身黑：黑裤子，黑衬衣，黑鞋子，黑袜子。当然，这时她已经把黑帽子摘了。J.P. 说他看着她，都快看傻了。她干活儿，也就是清扫烟囱的时候，J.P. 和他的朋友仍旧听音乐喝啤酒，但他们的目光落在她身上，看她都在做什么。时不时地，J.P. 和他的朋友会相互对视，咧嘴笑笑，或是挤挤眼。当年轻女孩的上半身消失在烟囱里面的时候，他们的眉毛都竖了起来。她长得还不赖，J.P. 说。

她干完活儿，用毯子把工具卷起来，从 J.P. 的朋友手中接过他父母早就写好的支票。然后她问 J.P. 的朋友想不想吻她。“据说会带来好运。”她说。那倒是给 J.P. 带来了好运。他的朋友转着眼珠，又像小丑一样扮起鬼脸。他可能羞红了脸，才上前吻了一下女孩的脸颊。就在那一刻，J.P. 做出了决定。他放下啤酒，从沙发上站了起来，赶在女孩出门前走到她跟前。

“我也能吻一下吗？”J.P. 问她。

她扫了他一眼。J.P. 说他能听见自己的心跳声。后来他才知道，这个年轻的女孩名叫罗克西。

“当然，”罗克西说，“为什么不呢？我这儿还富裕着好几个吻呢。”她好好地吻了他，吻在嘴唇上，然后转身走了。

就这样，眨眼间，J.P. 跟着她走到门廊上，为她扶着门廊上的纱门。他跟着她走下台阶，走到车道上，那里停着她的小型货车。他控制不住自己了，世界上其他一切都不再重要。他知道自己遇到了那个让自己双腿发抖的人。他能感到她的吻还在自己的嘴唇上燃烧，诸如此类。那一刻，J.P. 脑子乱了，纷繁的感觉纠缠在一起，让他晕头转向。

他为她打开小型货车的后门，帮她把东西放了进去。“谢谢。”她对他说。他脱口而出，说他想再见到她。她什么时候有空，愿意和他一起去看电影吗？他也意识到自己这辈子想做什么了。他想干她干的那种活儿。他想成为一个扫烟囱的人。不过当时他没告诉她这些。

J.P. 说，她手叉着腰，仔细地打量了他一番，从货车的前座上找到一张名片，递给他。她说：“今晚十点以后，打这个电话号码。我们可以聊聊。现在我得走了。”她戴上礼帽，又摘了下来。她又看了看 J.P.。她肯定是中意自己眼前的这个人，因为这次她咧嘴笑了。他告诉她嘴边粘了点儿灰。她上了车，按了一下喇叭，开走了。

“然后呢？”我问，“别停啊，J.P.。”

我挺感兴趣的。不过，如果刚才他给我讲别的事，比如他是怎么决定开始玩掷马蹄铁[1]的话，我也照样能听

① 一种户外竞技运动，参加比赛的两人或两队需轮流将马蹄铁投掷到一定距离外的一根木桩上。

下去。

昨晚下过雨，山谷那边，云团正倚着山势堆积起来。J.P. 清了清喉咙，看着山和云，抻了抻下巴，又接着说起来。

罗克西开始和他约会了，他一点一点地说服了她，容许他跟着她一起干活儿。不过，罗克西这个扫烟囱的买卖是和她爸爸、哥哥一起干的，他们几个人手刚好够用，不需要别人了。再说，这个叫 J.P. 的家伙到底是谁？什么 J.P.？小心点儿！他们提醒她。

她和 J.P. 一起看了几场电影，跳过几次舞，但他们大部分的约会是围绕一起扫烟囱展开的。J.P. 说，转眼之间，他们就已经谈论起绑在一起过日子了。没多久他们就付诸实践，他们结婚了。J.P. 的岳父接纳他为正式的合作伙伴。过了一年左右，罗克西生了孩子，不再扫烟囱。反正，她不再干这份活儿了。不久，她生了第二个孩子。那时，J.P. 二十五六岁，买了房子。他说，他的日子过得开心。“事情发展得真让人高兴，”他说，“想要的我都得到了。我有了我爱的老婆、孩子，干着我这辈子想干的工作。”但不知怎的——谁又能知道自己做每件事的原因呢？——他酒喝得越来越多。很长一段时间里，他只喝啤酒。什么啤酒都行，无所谓。他说，他晚上看电视的时候喝啤酒，他能一天二十四小时一直喝。当然，偶尔他也会喝些烈酒，不过，不太经常，都是他们进城玩，或是有朋友来做客的时候才会喝。后来，他自己也不知道为什么，他把啤酒换成了金汤力[①]。晚饭后，坐在电视前，他就开喝金汤力，手里永远拿着一杯。他说他真的喜欢那种味道。他开始下班后不回家，出去喝酒，回家后接着喝。然后他开始连晚饭也不吃了。晚饭时他根本不露面，就是偶尔露面也什么都不想吃。酒吧里的小吃已经把他塞饱了。有时，他走进门，无缘无故地，就会把午餐盒扔过客厅。罗克西冲他嚷的时候，他就转身再次出门。他的喝酒时间提早到了午后，在他还应该工作的时间段。他告诉我，那时他的清晨就是从两杯酒开始的，刷牙前都会喝一口，然后才喝咖啡。出门上班的时候，他会在午餐盒里再带上一保温瓶伏特加。

J.P. 不说了。他不再开口。怎么回事？我正听得起劲儿呢。不为别的，听他讲能帮助我放松，能让我忘了自己的处境。我等了一会儿，忍不住说："怎么了？继续呀，J.P.。"

① 金汤力（gin-and-tonic），金酒加汤力水制成的一种常见的鸡尾酒。

他抻着下巴。没多久，他又说起来。

J.P. 和罗克西之间发生了几次货真价实的争吵。我是说，真的动起手了。J.P. 说，有一次，她用拳头打了他的脸，鼻骨都给打断了。“看这个，”他说，“就在这儿。”他让我看一道印儿，横穿他的鼻梁。“这就是当时断的地方。”他也回敬了一拳，把她的肩膀打脱了臼。还有一次，他打豁了她的嘴唇。他们当着孩子的面打架。局面已经失控了。但他照样喝。他停不下来，没什么办法能让他停下来。就连罗克西的爸爸和哥哥威胁要狠狠揍他，也没用。他们对罗克西说，她应该带着孩子离开他。但罗克西说，这是她自己的问题，不用别人管。过去是她自己陷进来的，现在她要自己把问题解决。

J.P. 又沉默下来。他缩起肩膀，坐在椅子上往下滑了一点儿，望着汽车行驶在通往山区的公路上。

我说：“我想听后面的故事，J.P.。继续讲呀。”

“我不知道该怎么讲了。”他说，耸耸肩。

我说：“没关系。”我的意思是，他什么都可以跟我说。“继续呀，J.P.。”

J.P. 说，罗克西解决问题的方法之一是找了个男朋友。

J.P. 还说他想知道，她有家有孩子，怎么会有时间那样做。

我吃惊地看着他。他是个成年人。“如果你想那么做，”我说，“你就能找到时间。你能挤出时间来。”

J.P. 摇摇头说：“也许吧。”

不管怎么样，发现罗克西有男朋友的事后，他发了疯。他把婚戒从罗克西的手指上扒下来，用一把钢丝钳把它割成了几段。那可是够好玩的。那时候，他们已经交战好几个回合了。第二天早晨去干活儿的路上，他因酒后驾车被警察抓住，吊销了驾驶执照。他不能再开小货车去工作了。他说，无所谓。前一个星期，他已经从屋顶上掉下去过一回，摔断了大拇指，他早晚也会把自己的脖子摔断，他说。

J.P. 来弗兰克·马丁这儿戒酒，是想弄清楚怎样把自己的生活拉回正轨。我们都不是被迫来这儿的，我们并非被锁在这儿。要是想的话，我们随时可以一走了之。不过，他们建议最少要待够一个星期，按他们的说法，“强烈推荐”两个星期或一个月。

我说过，这已经是我第二次到弗兰克·马丁这儿来了。我提前为我在这里为期一周的治疗付了款。当我正准备在支票上签字的时候，弗兰克·马丁说：“节假日总是很危险。或许这次你该考虑在这儿多住一阵子，比如两个星期之类的。你能待两个星期吗？你琢磨琢磨，现在不用急着定下来。”他用拇指压着支票，我在上面签了名，然后送我的女朋友走到前门，跟她道别。“再见。”她说着，踉踉跄跄地撞到门框上，又摇摇晃晃地走到门廊上。那是傍晚，下着雨。我从门口走到窗户边上，拉开窗帘，看着她开车走了。她开的是我的车，她喝醉了。但我也醉了，我也没办法。我蹭到电暖炉旁边的大椅子边，坐了下来。几个看电视的人抬头看了看我，又继续看他们看的节目。我只是坐在那儿，偶尔抬头看看屏幕。

之后，就在那个傍晚，前门被重重地推开了，J.P. 被两个大家伙架着带了进来。后来我才知道那两个人是他的岳父和小舅子。他们架着 J.P. 穿过房间。那个老家伙替他登记，给了弗兰克·马丁一张支票。然后两个人一起把他抬上楼。我猜他们把他扔到了床上。不一会儿，那两个家伙就下了楼，往前门走，匆忙得就像一刻也等不及要离开这里，好像这里脏了他们的手，得赶紧洗手走人似的。我没有指责他们。绝对没有。我不知道自己如果处在他们的位置，会怎么做。

隔了一天半，我在门廊上碰到J.P.。我们握手，谈论天气。J.P. 犯了手抖的毛病。我们坐下来，脚架在围栏上，身子向后倚在椅背上，就好像我们只是坐在外面休闲放松，正准备谈论我们的捕鸟猎犬。就是那时候，J.P. 讲起了他自己的故事。

外面有点儿冷，但不算太冷。天阴着。弗兰克·马丁出来抽雪茄，他的毛衣扣子一直系到了领口。弗兰克·马丁是个矮墩子，有一头灰色的卷发，脑袋很小。比起他身体的其他部位，他的脑袋实在是太小了。他把雪茄塞进嘴里，手抱在胸前站着，一边对付嘴里的雪茄，一边眺望山谷。他站着的架势就像一名职业拳击手，对比分胸有成竹。

J.P. 又变得安静了，我是说，他几乎连气都不喘了。我把烟头弹进煤斗里，使劲盯着J.P.，他把自己的领子竖起来，身子深陷在椅子里。到底是怎么了？我奇怪。弗兰克·马丁放下手臂，抽了一口雪茄，吐出烟雾。然后他抬起下巴，冲着山谷的方向说："以前，杰克·伦敦在山谷那边有一幢大房子。就在那边，在你们看到的那座绿色山丘后面。但酒精要了他的命。吸取教训吧，你们两个。他比咱们都牛，但还是对付不了酒精那东西。”弗兰克·马丁看到吸剩的雪茄已经熄灭了，就把它扔进煤斗里。“你们在这儿要是想读点儿什么的话，就看他写的那本书吧，《野性的呼唤》。你们知道这本书吧？要是你们想读的话，屋里有，是关于一只半狼半狗的动物的故事。好了，我的布道讲完了。”他说着，提了提裤子，又拽了拽毛衣。“我进屋了，”他说，“午饭时见。”

“他在咱们周围的时候，我感觉自己就像只臭虫，”J.P. 说，“他让我觉得自己像只臭虫。”J.P. 摇摇头，接着说：“杰克·伦敦。听听人家的名字！真希望我能有一个那样的名字，而不是现在这个。”

第一次是我妻子送我来这儿的。那时我们还在一起，还在试着把问题解决。她送我过来，待了一两个小时，和弗兰克·马丁私下谈了谈才走。第二天早晨，弗兰克·马丁把我叫到一边，对我说：“我们能够帮助你，前提是你愿意我们帮你，愿意听我们的话。”但我不知道他们能不能帮我。一半的我渴望得到他们的帮助，但还有另一半的存在。

这次是我女朋友开我的车送我来的。途中一直下着暴雨，我们喝了一路香槟，她停车的时候，我们两个都醉了。她本来打算把我放下，掉头就回家的。她还有事要做。至少，第二天她要去上班。她在一家电子配件公司当秘书，工作还凑合。她还有个十几岁的多嘴儿子。我想让她在城里找个房间，住一晚再开车回家。我不知道她找没找旅馆。自打那天她把我领上了前门的台阶，陪我走进弗兰克·马丁的办公室后，我还没和她联系过。那天走进办公室后，她对人家说："猜猜谁来了。"

我没生她的气。不说别的，妻子把我轰出来以后，是她说我可以和她待在一起的。那时她并不知道自己将卷进什么样的泥潭。我替她难过。我替她难过的原因是，圣诞节前一天，她的巴氏涂片检查[1]结果出来了，不太乐观。她得再去看医生，不能耽搁。这样的消息提供了充分的理由，让我们两个开始喝酒。我们痛痛快快地喝了一顿，都喝醉了。圣诞节那天，我们酒还没醒。因为她不想做饭，我们只得到外面的饭馆吃。我们两个，还有她那个十几岁

① 巴氏涂片检查（Pap smear），一种子宫颈抹片检查，主要用于检查宫颈癌。

的多嘴儿子，我们先打开了几个圣诞礼物，然后去她公寓边上的一家牛排餐厅。我不饿，只要了汤和热面包卷。我就着汤喝了一瓶葡萄酒,她也喝了些。然后我们喝起了“血腥玛丽”[1]。那之后一连两天，除了咸味坚果，我什么都吃不下去，却还是喝了很多波旁威士忌。然后我对她说:“亲爱的，我想我最好收拾东西，回弗兰克·马丁那儿去。”

她试着跟她儿子解释，她要离开一阵子，他得自己做吃的了。但就在我们出门的时候，这个多嘴的孩子冲我们尖叫道:“去死吧，你们！我希望你们永远别回来。我希望你们都自杀。”想象一下这个孩子！

出城前，我让她在一家酒铺前停下来，我进去买了香槟。我们还在别的地方停下来，买了一些塑料杯子和一桶炸鸡。在暴风雨中，我们启程前往弗兰克·马丁处，一路上一边喝酒一边听音乐。她开车，我负责调收音机、倒酒。我们试着来一场小小的庆祝，但我们都很悲伤。有炸鸡，但我们一口没吃。

我觉得她应该顺利到家了。我想如果出了事，我会听说的。但她没给我打电话，我也没给她打。这时候，她可

① “血腥玛丽”(Bloody Mary)，一种由伏特加和番茄汁调配而成的鸡尾酒。

能已经得到关于自己病情的消息了，但也可能还什么都不知道。又或许只是个错误，当初拿到的是别人的检查结果。但她开走了我的车，而且我有些东西还放在她家里。我知道我们还会再见面的。

有人敲响了一座农场的旧钟，告诉我们吃饭时间到了。我和 J.P. 从椅子上站起来，进了屋。反正，门廊上也开始冷得待不下去了。我们说话时都能看见从嘴里呼出的白气。

新年前一天的早晨，我试着给妻子打电话。没人接。这没关系。不过，就算有关系，我又能怎么办呢？我们上一次打电话还是两周以前，冲着对方吼叫，我还骂了她。“脑袋进水了！”她说着，把电话挂了。

但我现在想和她说话。我有一些东西需要处理。我还有些东西放在她家里。

这儿有个到处旅行的家伙。他去过欧洲，还有别的地方。反正他是这么说的。他说都是生意上的事。他还说他能控制自己喝酒的问题，他不明白为什么自己会在弗兰克·马丁这儿。但他不记得他是怎么来这儿的了。他哈哈大笑，笑自己忘了是怎么来的。“谁都可能昏迷，”他说，“这什么都证明不了。”他说，他不是一个醉鬼，反正他怎么说，我们就怎么听。“那是一种很严重的定罪，”他说，“那样说会毁了一个好人的前程。”他说，当初他要是只喝威士忌和水，不加冰，他绝不会昏迷的。让人昏迷的是他们往你的酒里放的冰块。“你在埃及有认识的人吗？”他问我，“有的话，我到那儿可用得着。”

新年前夕的晚餐，弗兰克·马丁准备的是牛排和烤土豆。我的食欲恢复了，把盘子里的东西吃了个精光，还没吃够。我瞥了一眼泰尼的盘子。天哪，他几乎一点都没动，牛排原样摆在盘子上。泰尼已经不是以前那个老泰尼了。可怜的家伙本来还打算今晚在家里过新年呢。他曾计划要穿着睡袍和拖鞋，坐在电视机前，牵着老婆的手。现在他却不敢离开这里。我能理解。一次心脏病发作就意味着还会有第二次。犯病以后，泰尼再没讲过他自己那些荒唐的故事。他安静地待着，不再交际。我问他我能不能吃他的牛排，他把盘子推给了我。

弗兰克·马丁进来给我们展示他的蛋糕时，有一些人还没睡，正坐着看电视里的时代广场。他转了一圈，让我们每个人都看了一眼蛋糕。我知道那不是他做的，只是面包店的蛋糕。但怎么说也是个蛋糕，而且是个很大的白色奶油蛋糕，上面有粉色的字，写着“新年快乐——过好每一天”。

“我可不要什么蠢蛋糕，”那个去过欧洲和其他地方的家伙说，“香槟在哪儿？”他说着，大笑起来。

我们全涌进餐厅。弗兰克·马丁切蛋糕。我坐在J.P.旁边。J.P.吃了两块蛋糕，喝了一听可乐。我吃了一块，又用餐巾纸包起来一块，留着待会儿再吃。

J.P.点上香烟。现在，他的手稳了下来，不再哆嗦。他告诉我，明天早晨，也就是新年第一天，他妻子会来看他。

“太好了，”我说着点点头，舔去手指上的糖霜，“这可是个好消息，J.P.。”

“我会向她介绍你。”他说。

“我很期待。”我说。

我们道晚安，说新年快乐。我用纸巾擦擦手指。我们握了手。

我走到电话旁，塞进两枚十分的硬币，给我妻子打电话。但这次还是没人接。我想给我的女朋友打电话，但等到拨她的号码时，我才发现自己并没有什么想跟她说的话。

她可能正在家里看电视，就看我刚才在看的节目。反正，我不想和她说话。我希望她没事。但如果她出了事，我也不想知道。

吃完早餐，我和 J.P. 端着咖啡走到门廊上。天气晴朗，但还是冷得要穿毛衣和夹克才行。

“她问我该不该把孩子们也带来，”J.P. 说，“我跟她说，她应该把孩子留在家里。你能想象吗？天哪，我可不想让我的孩子到这儿来。”

我们用那个煤斗当烟灰缸，望向山谷，杰克·伦敦曾经住过的地方。当一辆汽车从公路上拐出来，开到门前的车道时，我们还在喝咖啡。

“是她！”J.P. 说着，把杯子放在椅子旁边，站起来，走下了台阶。

我看见那个女人停下车，拉起手刹。我看见 J.P. 打开车门，她从里面出来。我看见他们拥抱在一起。我扭过头，看向别处，然后又回过头来。J.P. 挎着她的胳膊，两人一起走上台阶。这个女人曾打断了一个男人的鼻子。她有两个孩子，还有一堆的麻烦，但她爱这个正挎着她手臂的男人。我从椅子上站了起来。

“这是我朋友，”J.P. 对他妻子说，“嘿，这是罗克西。”

罗克西和我握手。她是个高挑的漂亮女人，戴着一顶手编的帽子，穿着大衣、厚毛衣和休闲裤。我想起来 J.P. 告诉我的关于她的男朋友以及那个钢丝钳的事。在她的手指上，我没看见婚戒。我想，那东西还在什么地方碎着呢吧。她的手很宽，指节粗大。若是不得已，她是个真能攥起拳头的女人。

“我听过你们的故事，”我说，“J.P. 跟我说了你们是怎么认识的。J.P. 说，跟烟囱有关。”

“对，烟囱，”她说，“不过，可能还有好多事他没告诉你呢。我敢打赌，他肯定没把所有事都告诉你。”她说着笑了。然后，她等不及似的搂住 J.P.，在他的脸颊上亲了一口。他们走向前门。“很高兴认识你，”她说，“嘿，他跟你说没说，他可是这行里最好的扫把。”

“走啦，罗克西。”J.P. 已经把手放到了门把上。

“他跟我说，他的手艺都是跟你学的。”

“嗯，那倒是一点没错。”她说，又笑起来。但好像她想的是别的事情。J.P. 拧门把的时候，罗克西的手扶住了他的手。“乔，我们就不能进城吃午餐吗？我不能带你出去吗？”

J.P. 清清嗓子说：“我在这儿还没待够一个星期呢。”他的手从门把上放了下来，挠着自己的下巴。“我想他们还不希望我离开这里，到外面去。我们可以在这儿喝点咖啡。”

“那也行。”她说，眼睛又打量了我一番。“我很高兴乔能在这儿交到朋友。很高兴认识你。”她说。

他们准备进屋了。我知道这是冒傻气，但我还是做了。“罗克西。”我叫了一声。他们停在门口，看着我。“我需要点儿好运，”我说，“真的，没开玩笑。我真的需要一个吻。”

J.P. 低下头，虽然门已经开了，但他仍握着把手来回拧。我盯着她看。罗克西咧开嘴笑了。“我现在已经不是扫烟囱的了。好多年没干了。乔没告诉你吗？不过，当然，我可以吻你一下，当然了。”

她走过来，扶着我的肩膀——我是个大块头——吻在我的嘴唇上。“怎么样？”她问。

“很好。”我说。

“别客气，”她说了句，仍扶着我的肩膀，盯住我的眼睛看，“祝你好运！”她说完，松开了手。

“待会儿见啊，伙计。”J.P. 说完，大大地推开门，和罗克西一起走了进去。

我坐在前门的台阶上，看着自己点上烟，吹灭了火柴。我的手抖起来。从今天早晨开始，我的手也抖起来了。今天早晨，我想找点东西喝。我很沮丧，但什么都没跟 J.P. 说，我只是努力想些别的事情分分神。

我琢磨起扫烟囱来，琢磨起从 J.P. 那儿听来的所有事。不知怎的，我想起我和妻子以前住过的一幢房子。那房子没有烟囱，我也不知道为什么现在想起了它。但我记得那个地方，记得有天早晨，我听见外面有噪音，那时我们刚在那里住了几个星期。那是个周日的清晨，卧室里还黑着，但有苍白的光从窗户渗进来。我听着，能听见有什么东西正和房子的一面摩擦着，发出刺耳的声音。我跳下床，去看是怎么回事。

“天哪！”我妻子说着，在床上坐了起来，摇晃着脑袋把头发从脸上甩开。然后她笑起来。“那是万图里尼先生，”她说，“我忘了告诉你了，他说他今天来给房子刷漆。一大早就来，赶在天热起来之前刷完。我把这事彻底忘了。”

她边说边笑，“回来，上床吧，亲爱的。只是万图里尼先生而已。”

“等一下。”我说。

我拉开窗帘。外面，一个穿着白色罩衫的老家伙站在他的梯子旁。太阳才刚刚升起来。这个老家伙和我互相打量。他是房东，没错，这个包在罩衫里面的家伙。但那件罩衫对他来说太大了，而且他也该刮刮胡子了。他戴着棒球帽，遮住了他的秃脑袋。妈的，我想，他真是个怪老头。我的心头突然涌上一阵幸福感：我可不是他，我是我，我和妻子一起待在这间卧室里。

他冲着太阳，伸出拇指，假装要擦他的前额。他想让我明白，他可没什么闲工夫看我。突然，这个老家伙笑起来。这时我才发现自己还光着身子呢。我向下看看自己，又看看他，耸耸肩。他还指望我穿着衣服吗？

妻子也笑了。“快点儿，”她说，“回床上来。就现在，立刻，马上，回来呀。”

我松开窗帘，但仍站在窗边。我能看见那个老家伙默默地点了点头，就像在说：“去啊，小子，回床上去吧。我都懂。”他用力拽了拽帽檐，提起油漆桶，爬上梯子，开始干自己的活儿。

我向后靠在台阶上，跷起二郎腿。待会儿，今天下午，我可能会再给妻子打个电话。然后我会打电话给我女朋友，看看她出什么事没有，但我可不想和她那个多嘴的儿子说话。要是打的话，我希望那小子最好不在家，他爱在哪儿在哪儿，爱做什么做什么。我琢磨着自己有没有读过杰克·伦敦的书。我不记得读过。但我在高中的时候读过他的一篇故事，名叫《生火》。讲的是在育空[1]那边有一个家伙快要冻死了。想想吧：要是那个人生不起火来，他真的会冻死。而有了火，他就可以烤干他的袜子和别的东西，还能取暖。

他生起了火，但后来还是出了事。一树枝子的雪落下来，砸在火上面，压灭了火。而与此同时，天更冷了，夜幕正在降临。

我从兜里掏出些硬币。我会先试试拨我妻子的号码。要是她接了电话，我就祝她新年快乐。就说这些，我不会提别的事。我也不会嚷嚷。即使她挑起什么事来，我也不会。

① 育空（Yukon），加拿大西北部的一个地区，与阿拉斯加交界。

她会问我是从哪儿打过去的电话，我只能如实相告。但我不会表什么决心，说新的一年要有什么改变。那可不是开玩笑的。跟她说完，我就打给我的女朋友。也可能我会先打给她，但我只能盼着别是那个小孩来接电话。等她接起电话，我会说："喂，亲爱的，是我。"

火车

——致约翰·契弗[1]

那晚早些时候，一个叫登特小姐的女人用枪抵住一个男人，逼他跪在地上求她饶命。当那个男人泪如泉涌，手指不住地揉捏着地上的树叶时，她把左轮手枪对准了他，列举条条罪证，告诉他他到底是个什么东西。登特小姐要让他明白，他不能老是这样践踏别人的感情。“不许动！”她说，尽管那个男人只不过用手指抠了抠身下的泥土，双腿害怕得微微颤抖了几下。在她说完之后，在她把自己能想出的话全都对他一吐为快之后，她用脚踩住他的后脑勺，

[1] 约翰·契弗（John Cheever，1912－1982），美国著名小说家，尤以短篇小说闻名，出版有七部短篇小说集和四部长篇小说。1973 年，契弗和卡佛曾一起任教于爱荷华大学“作家工作坊”（Iowa Writer's Workshop）。作为卡佛向契弗的致敬，本篇小说是对契弗早期短篇名作《五点四十八分的列车》的续写。《五点四十八分的列车》的故事发生于 20 世纪 50 年代的纽约，经理布莱克先生在玩弄了情人兼秘书登特小姐后，就无情地将她解雇了。一天下班回家的路上，持枪的登特小姐跟踪了布莱克先生。

一脚把他蹬进土里。然后，她把左轮手枪放进手包，走回了火车站。

在一间空荡荡的候车室里，她坐在一条长凳上，手包搁在腿上。售票处已经关了。周围空无一人，连车站外面的停车场都是空的。她的眼睛愣愣地盯着墙上一个大挂钟。她不希望自己再去想那个男人，想那个男人在得到他想要的东西后是如何对待自己的。但她知道，她将会记住那个男人跪在地上后发出的鼻息声，会记很久。她深吸一口气，闭上眼，留意着火车进站的声音。

候车室的门开了。登特小姐看过去的时候，正有两个人走进来。一位是白发老人，系白色丝绸领带。另一位是中年妇人，画眼影，涂口红，穿一身玫瑰红色的针织连衣裙。夜晚已经变得冷起来，但两个人都没穿外衣，老人甚至连鞋都没穿。他们在门口站住了，似乎没想到候车室里会有人。不过，他们假装若无其事，没有因登特小姐的存在而大失所望。妇人对老人说了些什么，但登特小姐没听清。他们走进了候车室。在登特小姐看来，他们显得焦躁不安，好像他们刚从什么地方匆忙离开，还没找到合适的方式谈论它。登特小姐又想，他们也可能只是喝多了而已。

妇人和白发老人看着墙上的挂钟，仿佛它能告诉他们现在的处境如何，并能指示他们接下去应该做些什么似的。

登特小姐也把目光转回到挂钟上。整个候车室里，没有任何东西能告知火车进出站的时间。但她做好了不管等多久都要等下去的准备。她知道自己只要等得足够久，就会有火车来。她会登上车，让它带自己离开这个地方。

“晚上好。”老人对登特小姐说。她觉得他说这句话的神气，就好像这是一个普通的夏日夜晚，而他自己俨然是某个穿着皮鞋和晚礼服的重要人物。

“晚上好。”登特小姐说。

穿针织连衣裙的妇人扫了她一眼，那目光似乎经过精确的计算，故意要让登特小姐明白，自己并不高兴在这里看到她。

老人和中年妇人在候车室另一头的长凳上坐了下来，就在登特小姐正对面。她看见老人稍稍拉了拉膝盖处的裤子，然后把一条腿搭在另一条腿上，晃悠起那只穿着袜子的脚。他从衬衣口袋里掏出一包香烟和一支烟斗，把烟卷插进烟斗里，接着伸手掏了掏衬衣口袋，又翻了翻裤兜。

“我没带打火机。”他对妇人说。

“我不抽烟。”妇人回答，“我想你哪怕有一丁点了解我，就应该知道这一点。你要是非抽不可的话，她可能会有火柴。”女人抬起下巴，眼神犀利地看着登特小姐。

但登特小姐摇了摇头。她把手包往自己怀里拉了拉，合拢双膝，手指紧握着手包。

“没有火，什么都没戏了。”白发老人说。他又翻了一遍口袋，接着叹了口气，把烟卷从烟斗上取下来，塞回烟盒，又把烟盒烟斗都放回自己的衬衣口袋。

妇人开始说一种登特小姐听不懂的语言。她觉得那可能是意大利语，因为那些连珠炮似的词语，听起来像是电影里索菲亚·罗兰[1]说的话。老人摇摇头。“你知道，我跟不上你了。你说得太快。你得慢一点儿。你得说英语。我跟不上你。”

登特小姐松开握紧手包的手，把手包从大腿移到长凳上，放在自己身旁。她盯着手包上的握环，不知道自己该怎么办。这间候车室很小，她不想突然站起来，换到别的地方去坐。她的目光又转到挂钟上。

“我真是受不了刚才那一帮蠢货。”妇人说，“简直蠢

① 索菲亚·罗兰（Sophia Loren，1934－），意大利女演员。

得出奇！根本没法形容。天啊！”妇人说完这些，摇摇头，向后一仰，精疲力竭地倒在长凳上，抬起眼，盯着天花板看了一小会儿。

老人用手指夹着他的丝绸领带，漫无目的地前后揉搓。他解开衬衣的一个扣子，把领带塞进衣服里。妇人继续说话，他却似乎在想着别的事情。

“我就是替那个女孩难过。”妇人说，“那个可怜的人，一屋子都是笨蛋和毒贩子，就属她孤苦伶仃。只有她让我觉得可怜。她是那个最终要付出代价的人！而不是别的人。肯定不会是那个被他们称为尼克船长的低能儿。他不会为任何事负责的。他绝不会！”

老人抬起眼睛，环顾候车室，盯着登特小姐看了一会儿。

登特小姐的目光越过老人的肩膀，看向窗外。她能看见高高的路灯，照亮了空旷的停车场。她双手拢在膝头，试着集中精力，不去关心别人的事情。但她还是不由自主地听着那两个人的谈话。

“我跟你说，”那个妇人接着说，“我唯一关心的就是那个女孩。谁管剩下的那伙人？他们只知道法式奶咖和香烟，他们那些宝贵的瑞士巧克力，还有那些该死的金刚鹦鹉。别的对他们都没意义。他们在乎什么？我真是再也不想见到那伙人了。你明白我的意思吗？”

“当然，我明白。”老人说，“当然明白。”他把脚放到地上，又换另一条腿搭到膝盖上，“现在，别为这事烦了。”

“‘别为这事烦了’？你倒会说。你怎么不照照镜子看看你自己？”妇人说。

“不用操心我，”老人说，“我以前碰到过更倒霉的事，现在不还是好好的。”他静静地笑着，摇摇头，“不用为我担心。”

“我怎么能不担心你呢？”妇人说，“除了我，还有谁会为你操心呢？是这位拿着手包的女人吗？她会为你担心？”她说完，停下来盯着登特小姐看了好一会儿，接着说，“我是说真的呢，我的朋友[1]。看看你自己！我的天哪，要不是我脑子里已装满了太多的事，我现在准会精神失常。告诉我，除了我，谁还会为你操心？我是在问你一个严肃的问题。你不是什么都懂吗，回答我呀。”

白发老人站起身，又坐下来。“你就别为我操心了。”

① 原文为意大利语。

他说，“关心别人吧。要是你想关心什么人，那就关心那个女孩和尼克船长吧。尼克船长说那句话的时候，你在别的房间里。他说：‘我不是认真的，但我爱她。’这是他当时的原话。”

“我早就知道你会来这套！”妇人大叫道。她合上手指，按住太阳穴。“我早就知道你会说这种话！我不意外。一点儿也不。豹子改不了它的斑点，这话说得太对了。我现在才明白这句话，真是活到老学到老啊。但你什么时候才能明白，你这个老傻瓜？回答我啊。”她对老人说，“难道你要像头骡子一样，先要人用木棍在你两眼之间敲上几下才行吗？噢，我的上帝啊[1]！你怎么就不照照镜子瞧瞧自己呢？你要是能站在镜子前面，真应该好好看看你自己。”

老人从长凳上站起来，走到饮水池旁，一只手背在身后，另一只手拧开水龙头，弯下身去喝水。然后他直起腰，用手背擦了擦嘴。他把两只手都背到身后，开始在候车室里闲逛，像在散步一样。

但登特小姐看得出来，他的眼睛一直在仔细观察着地面、空椅子，还有烟灰缸。她明白了，老人是在找火柴，

① 原文为意大利语。

她为自己没带火柴而感到抱歉。

那个妇人扭过头，目光跟随老人移动。她提高声音冲老人说："北极也有肯德基炸鸡！山德士上校[①]穿皮大衣和长筒靴！全毁了！毁到头了！"

老人没有回答，继续他的候车室环航，然后在窗前小驻。他背着手站在窗前，望着外面空荡荡的停车场。

妇人转过身对着登特小姐。她拽了拽连衣裙的腋下。"下回，我要是想看有关阿拉斯加巴罗角[②]，或是那里的土著爱斯基摩人的家庭录像，我就去找他们要。我的上帝啊，那可是无价之宝！有些人真是什么都干得出来。有些人就是想用无聊把他们的敌人烦死。你得身临其境，才能明白我的意思。"她炽热地盯着登特小姐，像是在挑衅，看她敢不敢反驳自己。

登特小姐拿起手包，放在腿上。她看着挂钟，表针即使还在转动，也慢得像是要停下来似的。

"你不怎么说话，"妇人对登特小姐说，"但我敢打赌，

---

① 山德士上校（Colonel Sanders，1890－1980），肯德基品牌的创始人，生于印第安纳州。他的形象广泛出现于快餐的商标上，一般是穿白西装和皮鞋。
② 巴罗角（Point Barrow），美国阿拉斯加州北冰洋岸突出的沙嘴。

要是有人给你起个话头，你肯定能说个没完，是不是？但你是个狡猾的家伙，任由别人说得天花乱坠，你也只是安静地坐在那儿，合着你洁净的小嘴。我说得对不对？闷葫芦，你是不是就叫这名字呀？别人到底怎么称呼你啊？”

“登特小姐。不过，我不认识你。”登特小姐回答。

“我也根本不认识你呀！”妇人说，“不认识你，也没兴趣认识你。你就坐在那儿想你那点儿心事吧。不管你怎么想，也不会改变什么。但我知道我在想什么，而且我觉得很恶心！”

那个老人离开窗台，走了出去，又马上回来了。烟斗里的香烟已经点着了，他看上去精神了许多。他的背挺直了些，下巴向前伸着。他坐在那个妇人旁边。

“我找到火柴了。”他说，“就在那儿，路边就有一盒。肯定是什么人掉在那儿的。”

“你就是运气好。”妇人说，“就你现在的处境而言，这倒对你很有利。就算别人谁都不知道，我可知道你这点。运气很重要。”她向登特小姐这边看过来，说：“年轻的小姐，我敢打赌你这辈子也有倒霉犯错的时候吧？我知道你有过，你脸上的表情已经告诉了我。但你就是不说。很好，憋着吧。我们说。等你老了的时候，你就有的说了。等你到了我这个岁数，或是他那个岁数，”妇人边说，边用拇指冲老人比画了一下，“但愿不会那样，但你跑不了。时候一到自然会出现，一样也少不了的。你都不用去找它们，它们就会自己找上门来。”

登特小姐拿着手包从长凳上站起来，走到饮水池边。她就着喷水口喝水，转过身看着他们。老人已经抽完了烟，清理着烟斗里残余的烟末，倒在凳子下面。他在手掌上磕了磕烟斗，对着吸嘴吹了吹，把烟斗放回衬衣口袋。现在，他也把注意力放在了登特小姐身上，眼睛盯着她，和那个妇人一起等着她开口说话。登特小姐打起精神，想要说几句。她不知道从何谈起，心想倒是可以先说说自己手包里的枪。她甚至可以告诉他们就在今晚，就在不久前，她差点杀死一个人。

恰在这时，他们听见了火车的声音。先是汽笛，接着是哐当哐当声，当路口的栅栏放下来的时候，警铃也响起来。妇人和老人都从凳子上站起来，向门口走去。老人为那个妇人打开门，然后笑着，手指轻晃，示意登特小姐先走。登特小姐把手包抱在胸前，跟着那个比她年长的妇人走出了门。

火车又鸣了一次汽笛，慢慢减速，停靠站台。车头灯射出的光穿梭在轨道上。火车只有两节车厢，被灯光照得一清二楚，所以站台上的三个人很容易就能看出，这一小列火车几乎是空的。不过，他们一点儿都不吃惊。若是这个时间还能在火车上看见乘客，反倒很奇怪。

车厢里，稀稀拉拉的几个人透过车窗向外看着，也觉得奇怪：这么晚了，站台上怎么还有人，而且正准备上车呢？是什么事情让他们还在外面奔波？此刻人们应该准备睡觉了。车站后面小山上的那些房子里，厨房干净又整洁；洗碗机早就完成了它们的全套工作，所有东西都已各归其位。孩子们的卧室里，夜灯亮着，几个十几岁的少女或许还在一边读小说，一边用手指缠绕着一缕头发。但电视都已经关了。一对对夫妇正准备上床睡觉。独自坐在两节车厢里的六七名乘客看着窗外，琢磨着站台上的三个人。

他们看见一个浓妆艳抹的中年妇人，穿着玫瑰红色的针织连衣裙，走上台阶，进入车厢。她身后是一个年轻一点儿的女人，挎着手包，穿着夏季的衬衣和裙子。跟着他们上车的是一个老人，缓慢地走进来，仪态威严。老人一头白发，系着白色的丝绸领带，却没穿鞋。乘客们很自然地以为正在上车的这三个人是一起的，而且看得出，不论他们三个这一晚所为何事，结果并不让人满意。不过，乘客们这辈子见识过很多比这更稀奇的事情，也就见怪不怪了。他们心里明白，这世界上什么事都有。也许这三个人的情况还不算太坏，也许他们原本比眼下更倒霉呢。所以，当这三个人穿过走廊，各自坐下后——妇人和白发老人坐在一起，年轻女人拿着手包，隔着几排座椅，坐在后面——他们几乎没再多想什么，只是盯着窗外，重新思考起火车进站前就困扰着各自的事。

站台上，信号员看看轨道前方，又回头瞥了一眼火车来的方向，举起手臂和提灯，向火车司机发出了信号。那正是司机一直等待的信号。司机扭动一个刻度盘，又推下一根控制杆。火车开动了。开始时很慢，然后渐渐提速。火车越开越快，飞驶进黑漆漆的田野，灿烂的车身在路基洒下一路亮光。

发烧

卡莱尔有麻烦了。其实，自打六月初妻子离他而去后，整个夏天他都很不好过。不过，直到不久前，也就是他要去高中讲课的前几天，他还不需要临时保姆看小孩。在那之前，他自己就是保姆，从早到晚地照顾自己的孩子们。卡莱尔告诉他们，他们的妈妈现在正在长途旅行。

黛比，他联系的第一个保姆，是一个胖胖的女孩，十九岁。黛比告诉卡莱尔，她来自一个大家庭，孩子都喜欢她。她给卡莱尔提供了几个介绍人的名字，用铅笔写在一张便笺上。卡莱尔接过来，把纸折好放进衬衣口袋里。他告诉她，第二天他得开会，所以第二天早晨她就可以来上班。她说："好的。"

他明白自己的生活正进入一个新阶段。艾琳离开他的时候，卡莱尔还在填写学生的成绩单。她说，她要去南加州，自己开始一段新生活。她是和理查德·胡普斯一起走的。

胡普斯是卡莱尔高中里的一个同事，教戏剧和玻璃吹制术，显然他准时上交了学生的成绩单，带上自己的东西，和艾琳匆匆忙忙地走了。现在，整个漫长而痛苦的暑假快过完了，新学期的课程很快就要开始，卡莱尔终于考虑起找保姆这件事来。刚开始的努力并不成功。当找人看孩子——找谁他都无所谓——变得越发迫在眉睫时，他雇用了黛比。

起初，卡莱尔很感激这个女孩按照他电话里的要求准时出现了。他把整栋房子和小孩们都交给了她，就好像她是自己的亲戚。所以，第一周的某天，当他从学校早早地回到家，发现自家车道上停着的一辆车里，后视镜上挂着一对很大的法兰绒骰子时，他知道，他只能怪他自己，怪自己粗心大意。他惊讶地发现自己的孩子们穿着脏兮兮的衣服，在前院里和一条大狗玩闹，而那条狗大得足以把他们的手咬下来。他儿子基思，一边打嗝一边哭。他女儿莎拉，一看见他下车就哭起来。他们俩都坐在草地上，狗正在舔他们的手和脸。狗冲他叫了两声，看他向孩子这边靠近时，后退了一点。他抱起基思和莎拉，一只胳膊夹住一个，往前门走。屋里，留声机的声音大极了，振得前窗玻璃摇摇晃晃。

客厅里，三个十几岁的男孩从咖啡桌边跳了起来。

啤酒瓶立在桌子上，烟灰缸里烟头还在燃烧。罗德·斯图尔特[1]的嘶吼从立体声音响里传出。黛比，那个胖女孩，和另一个十来岁的男孩坐在沙发上，呆呆地盯着走进客厅的卡莱尔，一脸难以置信。她的上衣扣子解开了，正盘腿坐着抽烟。客厅弥漫着烟雾和音乐。胖女孩和她的朋友慌忙从沙发上站起来。

“卡莱尔先生，等一下，”黛比说，“我可以解释。”

“不用解释了。”卡莱尔说，“都给我滚出去，所有人。别等我把你们扔出去！”他抱紧了孩子。

“你还欠我四天的钱呢。”胖女孩一边系上衣扣子，一边对他说。她手指间还夹着香烟，系扣子时，烟灰掉了一地。“不说今天了。今天你不用付我钱。卡莱尔先生，其实不像你看到的那样坏。他们只是顺便过来听唱片的。”

“我明白，黛比。”他说着把孩子们放到地毯上。他们紧贴着他的腿，看着客厅里的人。黛比看着他们，慢慢地摇摇头，就好像以前从没看过他们一眼似的。“该死！都

---

① 罗德·斯图尔特（Rod Stewart，1945－），英国摇滚歌手。

出去！”卡莱尔说，“就现在，出去，你们所有人！”

他走过去打开前门。几个男孩看起来并不着急。他们把啤酒拿起来，慢吞吞地向门口走。罗德·斯图尔特的唱片仍在播放，一个男孩说：“那是我的唱片。”

“拿走。”卡莱尔说着向那个男孩迈了一步，然后停下来。

“别碰我，行吗？千万别碰我。”男孩一边说，一边走到留声机旁，抬起唱头转到一边，没等转台停下，就取出了唱片。

卡莱尔的手在发抖。“要是一分钟之内，一分钟，那辆车还不给我从车道上开走，我就报警。”他愤怒得头晕又恶心。他看见，他真的看见，眼前冒起了金星。

“嘿，听着，我们这就走，行了吧？我们走了。”那个男孩说。

他们从房子里鱼贯而出。在外面，胖女孩蹒跚了几步，摇摇晃晃地走到车旁。卡莱尔看见她停下来，抬起手遮住了脸。她就这样在车道上站了一会儿，直到一个男孩从后面推了她一把，喊她的名字，她才把手放下来，钻进车子，坐在了后座上。

“爸爸给你们换上干净衣服。”卡莱尔对孩子们说，努力让自己的声音平静下来。“我要给你们洗个澡，换上干净衣服。然后我们出去吃比萨。吃比萨好不好？”

“黛比哪儿去了？”莎拉问他。

“她走了。”卡莱尔回答。

那天晚上，把孩子们送上床后，他给卡罗尔打了电话。卡罗尔也在学校工作，他们自上个月以来一直在交往。他对她说了和孩子保姆之间发生的事。

“我的孩子和那条大狗待在外面院子里，”他说，“那条狗大得像头狼。而那个保姆跟她的一帮流氓男朋友坐在屋里，开最大声听罗德·斯图尔特。他们在屋里喝得烂醉，却把我的孩子关在外面，和那条野狗玩。”他说的时候，手指一直揉着太阳穴。

“天哪，”卡罗尔说，“可怜虫，我真替你难过。”她的声音模模糊糊的，他想象听筒滑到了她的脸颊边。她有一边打电话一边做其他事的习惯。他曾见过她这么做。她这个习惯让他隐约有点儿烦。他想让她过来吗？她问。她可以来。她觉得也许她最好去他家看看。她可以把自己的保姆叫来，然后自己开车过去。她愿意那样做。她说，要是他需要慰藉的话，千万别怕和她说。卡罗尔是校长办公室里的一个秘书，卡莱尔在同一所学校教艺术。她离婚了，带着一个有点神经质的十岁男孩，名叫道奇，是孩子的爸爸用自己的汽车牌子起的名字。

“不用了，没事。”卡莱尔说，“不过，多谢了。卡罗尔，多谢了。孩子已经上床了，不过，你知道，今晚要是叫你来陪我的话，会让我觉得有点儿滑稽。”

她没再提来看他的事。“亲爱的，我很难过发生了这些事。但我能理解你今晚想一个人待着。我尊重这一点。明天学校见吧。”

他能听出来她正等着他说点儿别的。“不到一周，已经换了两个保姆了，”他说，“我实在找不到什么人了。”

“亲爱的，别为这个沮丧，”她说，“会有办法的。这周末，我帮你找人。都会好的，到时候你就知道了。”

“谢谢你能在我需要你的时候在我身边。”他说，“你对我太好了。”

“晚安，卡莱尔。”她说。

挂了电话，他后悔自己刚刚说了那些话，他希望自己能想出点儿别的什么来对她讲。这辈子，他还从没说过那样的话。他们还没到发展恋情的地步，他不那样想，但他喜欢她。她知道现在的情况对他来说很难熬，所以她并不要求什么。

艾琳去了加州的第一个月里，卡莱尔睁开眼睛后的每一分钟都和孩子在一起。他想这是她的离开带给他的震惊所致，他就是不愿让孩子从自己的视线里消失。那时，他根本没兴趣见别的女人。有一阵子，他甚至以为自己以后再也不会找女人了。他觉得自己就像是在服丧一般。他的日日夜夜都是陪着孩子过的。他给他们做饭——他自己一点儿胃口也没有——洗衣熨衣，开车带他们去乡下采野花，吃用锡纸包好的三明治。他带他们去超市，让他们拣自己喜欢的买。每隔几天，他就带他们去公园，或是图书馆、动物园。他们带着放久了的面包去动物园喂鸭子。晚上，替他们掖紧被子之前，他给他们读故事：伊索寓言，安徒生童话，格林童话。

“妈妈什么时候回来呀？”在故事讲到一半的时候，两个孩子中的一个会问他。

“快了。”他会说，“就这几天。现在听这个。”他会把故事一直讲完，亲吻他们，然后关上灯。

等他们睡着了，他就拿着酒杯在家里转悠，告诉自己，没错，艾琳早晚会回来的。但吐出下一口气后，他会说："我永远不想再看见你这张脸。我永远不会原谅你，你这个疯婊子。"可是，一分钟后，他又会说："回来吧，甜心，求你了。我爱你，需要你。孩子们也需要你。"这个夏天的夜晚，他有时会坐在电视机前睡着，醒来时，电视还开着，屏幕上全是雪花。那段日子里，他觉得自己不会再去见别的女人了，至少很长时间之内不会。晚上，坐在电视前的沙发上，身边放着没打开的书或杂志，他时常会想起艾琳，想起她甜美的笑，或是当他抱怨脖子酸痛时，她帮他揉捏时的感觉。就是在这些时候，他觉得自己会痛哭。他想，你还以为这样的事只发生在别人身上呢。

就在黛比来他家前不久，在那些惶恐和悲伤渐渐消退后，他给一家家政公司打了电话，告诉他们他的难处和需求。有人把信息记下来，说会再和他联系。他们说，大部分人不愿意又做家务又看孩子，不过他们会找到人的。在离高中开学没几天的时候，他再次打电话，他们说第二天一大早就会有人去他家里。

来的是一个三十五岁的女人，长着汗毛浓密的手臂，穿着破烂的鞋子。她和他握过手后，安静地听着他说，但关于孩子一个问题都没问，甚至连孩子们的名字都没有问。他带她走到屋子后面，孩子们正在那儿玩耍，她只是盯着他们看了一会儿，什么话都没说。当她终于笑了一下，卡莱尔才注意到她缺了一颗牙齿。莎拉扔下蜡笔，站起来，跑过来站在他身边，拉起他的手，看着这个女人。基思也盯着她看了看，又继续画画了。卡莱尔感谢那个女人能过来，告诉她可以随时联系自己。

那天下午，在超市里，卡莱尔从一张用大头针钉在公告板上的索引卡片上抄下一个电话号码。有人提供照顾小孩的保姆服务，如有需要，可出示介绍信。卡莱尔拨通那个电话，找到的是黛比，那个胖女孩。

这个夏天，艾琳给孩子们寄过一些卡片、信件和自己的照片，还有一些钢笔画，都是她离家以后画的。她也给卡莱尔写过絮絮叨叨的长信，请求他在这件事上理解她——这件事——并告诉他说，自己很快乐。快乐。好像活着就是为了快乐一样，卡莱尔想。她告诉他，如果他真的爱她，就像他自己说的那样爱她，她也真的相信他是那样地爱着她——也别忘了，她也爱他——那么他就会理解并接受发生的一切。她写道：“那些真正结合在一起的，永远也不会分开。”卡莱尔不知道她是在说他们之间的关系，还是指她在加州的生活。他恨“结合”这个词。这跟他们两个人有什么关系？她以为他们是家公司吗？他觉得艾琳肯定是疯了才会说这些。他又读了一遍这段话，把信揉成一团，扔进了垃圾桶。

但是几个小时后，他就从垃圾桶里找回了那封信，把它和她寄过来的其他卡片信件一起装进盒子里，放到壁橱的架子上。在她寄来的一张照片上，她戴着一顶松松垮垮的大帽子，穿着一身泳装。还有一张画在厚纸片上的铅笔画，画上，一个塌肩膀的女人穿着轻薄的睡袍站在河岸上，用手遮着眼睛。卡莱尔猜想，这是艾琳在表现她为这件事感到心碎吧。她的大学专业是艺术，一直到答应嫁给他后，她仍说想做些和自己的天赋相关的事。

卡莱尔说他也不会允许她把自己的才能荒废掉。他说，她得对得起她自己。她得对得起他们两个人。那些日子里，他们爱着对方。他知道他们爱过。他无法想象自己还会以爱她的方式再去爱别人。那时，他也体味了被爱的感觉。然后，结婚八年以后，艾琳离开了。就像她在信里说的，她要去“搏一把”。

和卡罗尔打过电话，卡莱尔又去看了看孩子们，他们都睡着了。他走进厨房给自己倒了一杯酒。他考虑要不要给艾琳打个电话，告诉她找保姆的困难，但还是决定不打了。他有她的号码和那边的地址，但他只打过一次电话，到现在为止还没写过信，部分是出于对整个情况的迷惑，部分是因为愤怒和羞耻。夏初的时候，有一次，他冒着被羞辱的风险打了电话。理查德·胡普斯接起来说：“嘿，卡莱尔！”就好像他们还是朋友。然后他像是想起来什么似的，对卡莱尔说：“等一下，好吗？”

艾琳出现在电话线那边，说：“卡莱尔，你还好吗？孩子们怎么样？跟我讲讲你自己。”他告诉她，孩子们都很好。没等他说别的，艾琳便打断他的话说：“我知道他们都很好。你自己呢？”接着她对他说，很久以来，她的脑袋第一次“到位”。之后她想谈谈卡莱尔的脑袋和他的因果机缘。她说，她已经调查了他的因果机缘，从现在开始随时都会好转。卡莱尔只是听着，几乎无法相信自己的耳朵。他说了句:“我现在得走开了,艾琳。”然后挂了电话。过了一分钟左右，电话响了，但他任由它响着。铃声停下来后，他摘下听筒放在一边，直到他要上床睡觉才放回去。

现在，他想给她打电话，又怕打给她。他仍想念她，想对她倾诉。他想念她以前的声音——甜美、坚定，不像这几个月来那样疯狂。但要是他打通了，可能会是理查德·胡普斯接电话。卡莱尔知道自己不想再听到那个男人的声音。理查德和他已经共事三年了，也算是朋友吧，卡莱尔想。至少在教师餐厅里，他还曾和卡莱尔坐在一起吃过午饭,至少卡莱尔还和他聊过田纳西·威廉斯[①]的戏剧和安塞尔·亚当斯[②]的摄影。不过，就算是艾琳接的电话，她也可能又会钻到他的因果机缘里唠叨个没完没了。

就在他手拿酒杯坐着，努力回想结婚和亲密关系的感觉时，电话响了。他拿起听筒，听见一缕静电噪音，没等她叫他的名字，他就知道了是艾琳打来的。

“我刚才正想你呢。”卡莱尔说完就后悔了。

---

① 田纳西·威廉斯（Tennessee Williams，1911－1983），美国剧作家，代表作有《欲望号街车》《热铁皮屋顶上的猫》等。

② 安塞尔·亚当斯（Ansel Adams，1902－1984），美国著名摄影家。

“看！我就知道你想着我呢，卡莱尔。好了，我也正想你呢。所以我才打了电话。”他深吸了口气。她正在失去理智。这对他来说再明显不过了。她接着说：“现在听着，我给你打电话的主要原因是，我知道现在你那边的情况一团糟。别问我是怎么知道的，反正我就是知道。我很抱歉，卡莱尔。是这么回事，你现在仍在找一个既能做家务，又能看孩子的好手，对不对？好，其实这样的人在你住的街区就有一个！噢，你可能已经找好人了，要是那样的话，也很好。要是那样，也是机缘决定好了的。但假如你遇到了麻烦，这儿有个女人，以前为理查德的妈妈服务过。我跟理查德讲了你可能会遇到的麻烦，他就去想办法了。你想知道他都干了什么吗？你在听我说吗？他给他妈妈打了电话，他妈妈以前请过这个女人给她做家务。她叫韦伯斯特夫人。理查德的姨妈和他姨妈的女儿搬进去之前，就是韦伯斯特夫人在照顾理查德的妈妈。理查德从他妈妈那儿要到了电话号码。他今天给韦伯斯特夫人打了电话。对，他这样做了。韦伯斯特夫人今晚就会给你打电话。或者明天早晨打给你。不是今晚就是明早。反正，要是你需要她的话，她自愿提供服务。你可能会需要的，就算你现在情况很好，我当然希望是那样，但谁都说不准会遇到什么麻烦。迟早，你会用得着她。你明白我的话吗？不是现在，就可能是别的时候。好吗？孩子们怎么样？他们在干什么呢？”

“孩子们都很好，艾琳。他们已经睡下了。”他说。或许他应该对她说，他们每晚都是哭着睡着的。他不知道自己该不该告诉她实情——最近几个星期，他们一次都没有问起过她。他决定还是什么都不说了。

“我早些时候打过电话，但是占线。我跟理查德说，你可能正跟你的女友聊天呢。”艾琳说着笑起来，“想点儿积极的。你听起来太消沉了。”

“我得挂了，艾琳。”卡莱尔把听筒从耳边挪开，准备挂电话，但她还在说话。

“告诉基思和莎拉，我爱他们。告诉他们，我会再给他们寄画的。告诉他们这个。我不想让他们忘了他们的妈妈是个艺术家。可能还不是伟大的艺术家，那并不重要。但，你知道，艺术家。重要的是他们不应该忘了这点。”

卡莱尔说：“我会告诉他们的。”

“理查德问你好。”

卡莱尔什么话都没说，他对自己重复了一遍这句话，你好。这个男人这么说到底是什么意思？然后他说："多谢打电话过来。谢谢你们联系了那个女人。"

"是韦伯斯特夫人！"

"对。我现在最好挂电话了。我可不想把你的硬币都给花光了。"

艾琳笑起来："不就是钱吗！钱最不重要了，只不过是用于交换的一种必要媒介。有比钱更重要的事。不过，这你早知道了。"

卡莱尔把听筒远远地举在面前。他盯着这玩意儿，艾琳的声音正从里面源源不断地传出来。

"卡莱尔，你的情况就要变得越来越好了。我知道这一点。你可能觉得我疯了或是什么的，"她说，"但你就记住吧。"

记住什么？卡莱尔警觉地问自己，觉得一定是错过了她说的什么话。他把听筒拿近一些，说："艾琳，多谢打电话过来。"

"我们得保持联系。"艾琳说，"我们得保持所有的交流线路畅通无阻。我觉得最艰难的时候已经过去了，对我们两个来说都是。我也很难熬。但我们就要得到我们此生应该得到的东西了，我们两个都是。而且最终我们都将因为经历了这一切而变得更坚强。”

“晚安。”他说完，挂上了听筒。他看着电话，等待着。它没再响。但是，一个小时以后，电话还是响了。他接起来。

“卡莱尔先生？”是一个老女人的声音，“您不认识我，我叫吉姆·韦伯斯特。我答应了别人会与您联系。”

“韦伯斯特夫人，您好。”他说。他想起来艾琳刚才提到过她。“韦伯斯特夫人，您能早晨来我家一趟吗？早一点儿，比如说，七点？”

“我可以，那很方便。”老女人说，“七点。给我您的地址吧。”

“我可就指望您了。”卡莱尔说。

“您放心吧，包在我身上。”她说。

“我真是没法告诉您，这对我有多重要。”卡莱尔说。

“不必担心。”老女人说。

第二天早晨，闹铃响起后，他还想再闭会儿眼，好把正做的梦接着做完。那是一个有关农舍的梦，梦里还有瀑布。有个人，他不知道是谁，正背着什么东西沿着公路走，可能是个野餐篮子。这个梦并没有让他感到不安。在梦里，似乎存在一种幸福感。

最后，他还是翻过身去，按下某个按钮，让铃声停止了。他又在床上躺了一会儿，然后坐起来，穿上拖鞋，走到厨房，煮上咖啡。

他刮了胡子，换了衣服，拿着咖啡和香烟在厨房的桌子旁坐下。孩子们还在睡。但再过五分钟左右，他就打算把装麦片的盒子放到桌子上，摆上碗和勺，进屋叫他们起床吃早饭。他真的不相信那个昨晚打来电话的老女人今天早晨会如约出现。他决定等到七点五分，要是还没来，他就给学校打电话，请一天假，想尽办法也要找到个信得过的人。他把咖啡杯举到嘴边。

就在这时，他听见外面街上传来一阵隆隆声。他放下杯子，从桌旁站起来，向窗外看。一辆小卡车停在他家门前的路边，发动机空转着，驾驶室随之颤动。卡莱尔走到前门，打开门，挥了挥手。一个老女人也冲他挥挥手，下了车。卡莱尔看见司机斜过身，消失在仪表盘下面。小卡车大喘一口气，又颤抖了一下，终于平静下来。

“卡莱尔先生？”老女人拿着一个大手包，一边问一边缓缓走来。

“韦伯斯特夫人，”他说，“请进屋。那是您先生吧？叫他进来呀。我刚煮了咖啡。”

“没事。”她说，“他带着他的保温瓶呢。”

卡莱尔耸耸肩，为她撑着门。她迈进屋，和他握手。韦伯斯特夫人微微一笑。卡莱尔点点头。他们走进厨房。“您想让我今天来，对吧？那么……”她问。

“让我把孩子们叫起来。”他说，“我想让他们先见见您，然后我再去学校。”

“好啊。”她说着，四下看看他的厨房，把手包放在沥水台上。

“我去把孩子们带过来吧。”他说，“等我一两分钟。”

过了一会儿，他把孩子们领了过来，向她一一介绍。他们还都穿着睡衣。莎拉揉着眼，基思倒是清醒了。“这是基思，”卡莱尔说，“这边这个是我女儿莎拉。”他拉着莎拉的手，转向韦伯斯特夫人这边。“您看见了，他们需要有人照顾，我们需要个能指望得上的人。我想这就是我们的问题。”

韦伯斯特夫人走到孩子们身边，系上基思睡衣的领子扣，又把莎拉的头发从脸上拨开来。他们没有阻止。“现在，孩子们，你们不用担心了。”她对他们说，“卡莱尔先生，没问题了。我们会好好的。给我们一两天时间，让我们互相了解了解，就行了。既然我要留下来，您能给韦伯斯特先生一个手势，告诉他没事了吗？就从窗户那儿向他挥挥手就行。”她说完就又把注意力集中到孩子们身上去了。

卡莱尔走到凸窗前，拉开窗帘。一位老人正从小卡车的驾驶室里望着他的房子。卡莱尔冲他挥手的时候，他正好把保温瓶拿到嘴边，便用闲着的另一只手冲他挥了挥。卡莱尔看见他摇下车窗，把杯子里剩下的东西倒了出来，然后又弯腰钻到仪表盘底下去了——卡莱尔想象着他把一些电线接在一起——小卡车马上发动了，又颤动起来。老人挂上挡，从路边开走了。

卡莱尔从窗前转回头，说：“韦伯斯特夫人，我真高兴您能来这儿。”

“我也一样，卡莱尔先生。”她说，“现在您去上班吧，别晚了。什么都不用担心。我们不会有问题的。是不是，孩子们？”

孩子们点点头。基思一只手拉着老太太的裙子，另一只手的大拇指塞进了嘴里。

“谢谢您，”卡莱尔说，“我觉得，我真的感觉好多了。”他摇摇头，咧开嘴笑了。他吻过两个孩子，说了再见，感到胸口暖洋洋的。他告诉韦伯斯特夫人自己大概什么时候回家，穿上大衣，又一次道别，出了门。几个月来，这是头一次，他觉得自己身上的担子似乎轻了一些。开车到学校的途中，他听起收音机里的音乐。

第一节艺术史课上，他在一些拜占庭绘画的幻灯片旁踱步，耐心地讲解细节和主题的细微差别。他指出作品的情感力量和恰到好处的呈现。但他把过多时间耗费在了匿名艺术家的社会背景上，以至于几个学生开始用鞋蹭地板，或是清喉咙。下课铃响时，他只讲完了课程计划的三分之一。

接下来的一堂水彩课，他感到自己异常平静而富有洞见。“像这样，像这样，”他一边说，一边手把手地引导学生们画画。“轻柔地，就像吹过纸面的一缕微风。只是点一下，像这样，明白了吗？”他这样说着，觉得重拾了发现自我的感觉。“点到为止才是关键。”他一面说，一面轻轻地捏着苏·科尔文的手指，引导她的画刷。“你得和你犯的错误合作，直到那些错误看起来像是有意为之的才行。懂了吗？”

中午，在教师餐厅里，他随着排队打饭的人前进时，看见卡罗尔就隔着几个人排在他前面，已经付了钱。卡莱尔迫不及待地等着自己的钱结算好，但还是穿过半间屋子才赶上她。他轻巧地挽起卡罗尔的手臂，把她拽到一张靠窗的空桌旁。

“天哪，卡莱尔。”他们坐下来后，卡罗尔对他说。她拿起她的冰茶，脸色绯红。“你看见斯托夫人刚才看我们的眼神了吗？你这是怎么了？这下所有人都会知道了。”她啜了一口冰茶，放下杯子。

“去他妈的斯托夫人，”卡莱尔说，“嘿，跟你说个事。亲爱的，我现在感觉比昨天好了千万倍。天哪！”

“发生了什么？”卡罗尔问，“卡莱尔，告诉我啊。”她把水果杯移到托盘的一边，往自己的意大利面上撒了芝士粉。但她没有吃，她还等着他继续说下去。“告诉我是怎么一回事。”

他给她讲了韦伯斯特夫人。他甚至提到了韦伯斯特先生，告诉她那个人得用电线打火才能把小卡车启动起来。卡莱尔一边说，一边吃木薯粉。接着又吃了蒜香面包。他喝起卡罗尔的冰茶，直到喝光了才反应过来。

“你有点儿犯傻了，卡莱尔。”她说着，冲他盘子里的意大利面点点头，示意他还一口没吃呢。

卡莱尔摇摇头。“我的上帝啊，卡罗尔。上帝啊，我真的感觉好极了，你知道吗？我现在感觉比整个夏天中任何一天都好。”他放低了声音说，“今晚过来吧，好吗？”

他的手从桌子底下伸过去，放在她的膝头。她的脸又红了，抬起眼，向四周看了看。没人注意他们。她迅速地点点头，也把手伸到桌子底下，碰了碰他的手。

那天下午回到家，他发现房子里的一切都井然有序，孩子们也都穿着干净衣服。厨房里，基思和莎拉站在椅子上，正在帮韦伯斯特夫人做小姜饼。莎拉的头发终于不在脸前晃悠了，而是用一个发夹别在脑后。

“爸爸！”孩子们看见他时，高兴地叫。

“基思，莎拉，”他说，“韦伯斯特夫人，我……”但她没让他把话说完。

“我们今天过得很好，卡莱尔先生。”韦伯斯特夫人语速很快地说。她用身上的围裙擦干净手指。那是艾琳的一条旧围裙，上面有蓝色的风车图案。“真是漂亮的小孩。他们可真是宝贝，真是宝贝！”

“我不知道该说什么好了。”卡莱尔站在沥水台旁，看见莎拉正挤出一些生面团。他能闻见香料的味道。他脱下外衣，坐在厨房的桌子旁，解开了领带。

“今天是‘互相熟悉日’。”韦伯斯特夫人说，“明天还有别的计划。我想我们可以散步去公园。我们该好好利用这样的好天气。”

“好主意！”卡莱尔说，“太好了。真好。好样的，韦伯斯特夫人。”

“我会把这些小甜饼都放进烤炉里，到时候韦伯斯特先生也就该来了。您说的是四点回家吧？我让他四点钟过来。”

卡莱尔点点头，满心欢喜。

“今天有您一个电话，”她说着，把搅拌用的碗放进水池里，“是卡莱尔夫人打的。”

“卡莱尔夫人。”他说，等着韦伯斯特夫人接下来要说的话。

“对。我告诉了她我是谁，但她好像一点儿也不吃惊我在这儿。她和两个孩子说了几句话。”

卡莱尔瞥了基思和莎拉一眼，但他们根本没注意他。他们正把小甜饼码成一排，摆在另一个烤盘上。

韦伯斯特夫人继续说：“她留了话。让我想想，我用笔记下来了，但我觉得我还能想起来。她说，‘告诉他’——也就是告诉您——‘那些失去的，还会回来。’我想我没记错。她说您会明白的。”

卡莱尔盯着她，他听见韦伯斯特先生的车已经在外面了。

“那是韦伯斯特先生。”她说完，脱下了围裙。

卡莱尔点点头。

“明天早晨七点？”她问。

“好，”他说，“再次感谢您。”

那天晚上，他给两个孩子洗了澡，穿上睡衣，念故事给他们听。他听他们做完祈祷，帮他们掖好被子，关上了灯。快九点了。他给自己倒上一杯酒，随意看看电视，直到听见卡罗尔的车开上车道。

十点左右，他们一起躺在床上的时候，电话响了。他骂了一句，但没有起来接。电话铃响个不停。

“说不定是重要的事呢。”卡罗尔说着坐起来，“可能是我请的那个保姆，她有这个号码。”

“是我妻子，”卡莱尔说，“我知道准是她。她不知道在想什么呢，她快疯了。我可不接。”

“反正我马上得走了，”卡罗尔说，“今晚过得真美好，亲爱的。”她摸着他的脸。

秋季学期过了一半，韦伯斯特夫人已经为他工作了快六个星期了。在这段时间里，卡莱尔的生活经历了一系列改变。首先，面对艾琳离开这个事实，他变得更平静了。就他的理解，艾琳是不打算再回来了。他已经不再想象这个事实还会有改变的可能。只有在深夜，在那些他没和卡罗尔在一起的夜晚，他才会感到自己还爱着艾琳，但他希望这份爱能够停下来，他不明白为什么这一切会发生，他只感到折磨。不过，在大部分时间里，他和孩子们过得很开心。他们在韦伯斯特夫人的呵护下茁壮成长。最近，她的日常工作又加了一条：她会帮他们把晚饭做好，放在烤炉里保温，直到他从学校回来。一进门，他就能闻见从厨房里飘出的香味，就能看见基思和莎拉正在帮着把餐桌布置好。偶尔，他问韦伯斯特夫人愿不愿意在周六加班。她同意了，只要不用中午之前来就行。她说，周六早晨，她自己和韦伯斯特先生还有些事要做。在那些日子里，卡罗尔会带道奇到卡莱尔家，所有的小孩都由韦伯斯特夫人照管。卡罗尔和卡莱尔会开车到乡间的餐厅吃晚饭。他相信自己的生活正在重新开始。这六个星期里，卡莱尔再没有接到艾琳的电话，他发现自己现在想起她的时候，已经可以不再愤怒，不再难过得想流泪了。

学校的课程刚刚离开中世纪，正要进入哥特时期。文艺复兴还要等上一段时间，至少要等到圣诞假期过后。就在这时候，卡莱尔病了。好像一夜之间，他的胸口变紧了，头也开始疼起来，身体的各个关节都僵硬了，一走动就觉得晕眩。头疼越来越严重。他受着这样的头疼在一个周日醒来，想给韦伯斯特夫人打电话，叫她来，好带孩子们到别的地方去。孩子们一直很贴心，用玻璃杯给他端来果汁和汽水。但他照顾不了他们。在生病的第二天早晨，他唯一能做的就是打电话到学校请假。他跟接电话的那个人说了自己的名字、所在的院系和自己的病情。然后他推荐梅尔·费希尔代课。费希尔画抽象油画，每周画三四天，每天画十六个小时，但他既不卖画，也不让别人看他的画。他是卡莱尔的朋友。“找梅尔·费希尔。”卡莱尔告诉电话那边的女人，“费希尔。”他耳语般无力地说。

他爬回床上，钻进被子，睡着了。在睡梦中，他听见外面传来小卡车发动机的声音，接着是发动机熄火时发出的回火声。过了一会儿，他听见韦伯斯特夫人的声音从卧室门外传来。

“卡莱尔先生？”

“哎，韦伯斯特夫人。”他闭着眼，觉得自己的声音很怪，“我今天病了，已经给学校打过电话了。我今天就在床上歇着了。”

“我明白了。别担心，”她说，“这边的事有我照顾。”

他闭着眼，还在半梦半醒的状态里，他觉得自己听见前门开了又关上。他听着。他听见厨房里一个男人低声说了什么，一把椅子被从桌旁拉开。不一会儿，他听见了孩子们的说话声。又过了一会儿——他不确定过了多长时间——他听见韦伯斯特夫人站在他的门外。

“卡莱尔先生，要不要我叫医生？”

“不用了，没事，”他说，“我想就是重感冒。不过我觉得浑身烧得慌。我想可能是我盖的被子太多了吧。房子里也太热了。您能把暖气调低点儿吗？”说完，他觉得自己又迷迷糊糊地睡着了。

过了一小会儿，他听见孩子们在客厅里和韦伯斯特夫人说话。他们是要进来，还是要出去？卡莱尔好奇。会不会已经到第二天了呢？

他又睡着了，直到意识到自己的房门开了。韦伯斯特夫人出现在他的床边，她把手放在他的前额上。

“您的脑袋都快烧着了。”她说，“您发烧了。”

“我会没事的。”卡莱尔说，“我就是需要再多睡一会儿。您能把暖气调低吗？请您帮我拿些阿司匹林，多谢了。我现在头疼得厉害。”

韦伯斯特夫人离开了房间。他的房门开着，能听见外面电视开着。他听见她说：“小点儿声，吉姆。”音量立即变小了。卡莱尔又睡着了。

但他可能睡了还不到一分钟，韦伯斯特夫人就拿着一个托盘回来了。她在他的床边坐下。他抬起身，想坐起来。她在他身后垫上一个枕头。

“把这些吃了。”她说着，递给他一些药片，“喝这个。”她递给他一杯果汁。“我还给您拿了点儿麦片粥。吃点儿，对您有好处。”

他就着果汁吃了阿司匹林，点点头，又合上眼，打算接着睡。

“卡莱尔先生。”她说。

他睁开眼。“我没睡着，对不起。”他说着坐起来一点儿，“我就是太热了，没别的。现在几点了？有八点半了吗？”

“九点半过一点儿。”她回答。

“九点半。”他念叨。

“现在我要喂您吃麦片粥。您得张开嘴，吃下去。吃六口，就完了。来，这是第一口。张开嘴。”韦伯斯特夫人说，“吃完您就会感觉好多了。吃完了，我就让您接着睡。把这个吃了，想睡多久就睡多久。”

她用勺喂他。他吃完麦片粥，又要了些果汁。喝完果汁，他躺了下来。就在他迷迷糊糊要睡着的时候，他感觉到韦伯斯特夫人又给他加盖了一层毯子。

再次醒来时已经是下午。他知道是下午，是因为有苍白的光从窗户透进来。他起身把窗帘拉开。他看见外面阴云密布，冬日的太阳被挡在云层后面。他慢慢地下床，找到拖鞋，穿上睡袍。他走进卫生间，看着镜中的自己。然后他洗了脸，又吃了些阿司匹林，用毛巾擦了擦后，走出房间来到客厅。

餐桌上，韦伯斯特夫人铺了几张报纸，正和孩子们一起捏泥人。他们已经捏出了几个长着长脖子、凸眼睛的家伙，既像长颈鹿，又像恐龙。卡莱尔从桌边走过的时候，韦伯斯特夫人抬头看了看。

“您感觉怎么样？”他坐到沙发上的时候，韦伯斯特夫人问他。从沙发上，他能看到餐厅，韦伯斯特夫人和孩子们都坐在餐桌旁。

“好点儿了，谢谢。好了一点儿。”他说，“我还是头疼，觉得身上还有点儿热。”他用手背贴着前额。“但我好些了。对，比刚才好了。谢谢您今早来帮忙。”

“我能给您拿点儿什么喝吗？”韦伯斯特夫人说，“再来点儿果汁，还是茶？我想喝咖啡可能也没关系，但还是茶更好一些。当然，果汁是最好的。”

"不用了，谢谢，"他说，"我就在这儿坐一会儿。从床上下来的感觉真好。就是身子有点儿虚。韦伯斯特夫人……"

她看着他，等他接着说。

"我今天早晨听见韦伯斯特先生在屋里，是吧？那当然很好，没关系。我只是很遗憾没有机会见见他，问声好。"

"是他，"她说，"他也想见见您。是我叫他进来的。只是他选的日子不对，您正好病了。我本来是想告诉您我们的计划，我和韦伯斯特先生的计划，但今天早晨时机不对。"

"告诉我什么？"他警觉地问，恐惧在他心头拉扯。

她摇摇头说："没关系的，可以等以后再说。"

"告诉他什么？"莎拉问，"告诉他什么呀？"

"什么，什么呀？"基思也凑热闹。孩子们都停下了手中的活儿。

"等一会儿，你们两个。"韦伯斯特夫人说着站起来。

"韦伯斯特夫人，韦伯斯特夫人！"基思喊起来。

"现在，小家伙，"韦伯斯特夫人说，"我需要和你爸爸聊聊。你爸爸今天病了。你不要闹。继续玩你的泥人吧。

你要是不上心，你姐姐就要超过你了。”

就在她往客厅走过来的时候，电话响了。卡莱尔够到茶几另一头，拿起听筒。

就像以前一样，他听见电话里传出模糊的哼鸣，他知道是艾琳打来的。“是我，”他说，“什么事？”

“卡莱尔，”他妻子说，“我知道，别问我怎么知道的，但我知道现在情况不妙。你病了，是不是？理查德也病了。某种流行病吧。他肚子里存不下东西，吃什么拉什么。他现在正在搞一台话剧，已经错过一个星期的排练了。我得自己跑过去，和他的助理一起删掉几幕戏。不过我打电话不是来告诉你这些。告诉我你那边的情况怎么样了。”

“没什么可说的，”卡莱尔说，“我病了，就这些。得了流感。但我现在好多了。”

“你还写日志吗？”她问。这让他很惊讶。几年前，他告诉过她，自己在写日志。不是日记，他说过，而是写日志——好像这样强调就能解释什么。但他从没给她看过。而且他已经有一年多没再写了。他根本忘了这事。

“因为，”她说，“这个时候，你应该在日志里记点儿什么。你有什么感觉，你在想什么。你知道，就是生病期间，你的脑子在哪儿。记住，疾病是有关你的健康和幸福的信息，它正告诉你一些东西。记录下来。你明白我的意思吗？等你病好了，你可以回过头再来看看这个信息到底是什么。你可以事后再读读看。科莱特[①]有一次发烧，"艾琳说，"就这样做过。"

"谁？"卡莱尔问，"你说什么？"

"科莱特，"艾琳说，"那个法国作家。你知道我说的是谁。我们还有一本她写的书呢，就在屋里。叫《吉吉》，还是什么别的名字。我没读那本书，但我到这边以后，一直读她的东西。是理查德介绍给我的。她写了一本小册子，是关于她发烧的整段时间里，她有什么感觉，都在想什么。有时，她的体温有一百零二度[②]。有时会低一点。有可能体温高过一百零二度，但一百零二度是她发烧时测量到的最高温度，也是她记下来的最高温度。反正，她就写了这些。我要说的就是这个。试试记下来你的感觉。可能会有什么收获。"艾琳说，令卡莱尔费解的是，她笑了起来，"至少

① 茜多妮－加布里埃尔·科莱特（Sidonie-Gabrielle Colette，1873－1954），法国女作家。《吉吉》（*Gigi*）是科莱特于1944年创作的短篇小说。

② 此处为华氏度，相当于38.9℃。

你以后能有份每小时一次的病情记录。你能回过头看看。至少你能有个东西展示出来。现在你只是不舒服，你要把这种不舒服转化成有用的东西。”

他用指尖按着太阳穴，闭上了眼。但她还在线上，等着他说点儿什么。他能说什么呢？对他来说，这很明显：她疯了。

“天哪，”他说，“天哪，艾琳。我不知道该说什么好了。我真的不知道。我现在得挂了。谢谢你打电话过来。”

“没关系。”她说，“我们必须能够交流。替我亲亲孩子们。告诉他们，我爱他们。理查德也向你问好，虽然他现在正在床上躺着呢。”

“再见。”卡莱尔说完，挂上了电话，用手捂住脸。不知怎的，他想起自己见过那个胖女孩走向汽车时，也做过同样的动作。他放下手，看着韦伯斯特夫人。韦伯斯特夫人也在观察着他。

“我希望不是什么坏消息吧？”她说着，将一把椅子拉到沙发边上挨着他的地方。

卡莱尔摇摇头。

“好。”韦伯斯特夫人说，“那就好。现在，卡莱尔先生，这可能不是谈这个问题的最佳时间。”她向餐厅那边瞥了一眼。孩子们正在餐桌旁低头捣鼓着黏土。“但既然这事早晚都得说，既然这关系到您和您的孩子，而且您现在也起来了，我就跟您说说吧。吉姆和我，我们现在过得很融洽。但问题是，我们需要的比我们现在拥有的要多。您明白我的意思吗？这对我来说也很难。”她说着摇了摇头。卡莱尔慢慢地点点头。他知道她要告诉他，她得走了。他用袖子抹了一把脸。“吉姆的前妻给他生的儿子，鲍勃——有四十岁了——昨天打电话过来，邀请我们去俄勒冈州，帮他照管他的水貂饲养场。吉姆负责养水貂，我负责做饭、采购东西、清扫房子，还需要什么就做什么。这对我们两个来说都是个机会。那儿吃住都管，还能挣点儿钱。我和吉姆再也不用担心我们会出什么事了。您知道我是什么意思。现在，吉姆什么都没有。”她说，“他上周满六十二岁了，他已经有一阵子没工作了。他今天早晨是想自己跟您说这个的，因为我打算跟您提不干了，您看，我们想——我想——我跟您说的时候，要是吉姆也能在场，会更容易一些。”她等着卡莱尔说点儿什么。但他没说话，于是她继续说：“我会干完这周，如果需要，下周我还能再待两天。

但那之后，您知道，我们肯定要离开这里了，您就得祝我们好运了。我是说，您能想象吗？我们就要一路开着我们那辆破车到俄勒冈州去。我会想念这两个小家伙的。他们真是太宝贝了。”

过了一会儿，看他还没有要回答她的意思，韦伯斯特夫人从椅子上站起来，挨着他坐到了沙发上。她碰了碰他的睡袍袖子：“卡莱尔先生？”

“我明白，”他说，“我想告诉您，您能到我们家来，对我和孩子们来说真的太重要了。”他头疼得眯起了眼睛。“这个头疼，”他说，“这头疼要疼死我了。”

韦伯斯特夫人把手伸过来，手背贴在他的前额上。“您还有点儿烧，”她告诉他，“我再去拿点儿阿司匹林。那会帮您把烧退下来。现在我还是这儿的医生，”她说，“这个病还归我管。”

“我妻子觉得，我应该记下来这是什么感觉。”卡莱尔说，“她觉得写写发烧是什么样子，可能是个好主意。那样，我以后就能回过头看看，弄清楚里面的含义。”他笑起来，眼里流出了泪。他用掌根抹掉眼泪。

“我想我还是去拿阿司匹林和果汁吧，然后出去看看孩子们。”韦伯斯特夫人说，“我看，他们快要对那些黏土失去兴趣了。”

卡莱尔害怕她到另一个房间去，留他独自在这儿。他想和她说话。他清了清嗓子。“韦伯斯特夫人，有些事我想和你说说。很长时间里，我和我妻子相互爱着对方，超过世界上任何人或事，包括我们自己的孩子。我们想，不，是我们知道，我们将会一起变老，我们知道我们将会做这世界上所有我们想做的事，所有的事我们都将一起做。”他摇摇头，现在对他来说，这似乎才是最最悲伤的事情：从今以后，不管做什么，他们都将是各干各的了。

“没事，没事的。”韦伯斯特夫人说着轻拍他的手。他向前靠了靠，又继续说起来。过了一会儿，孩子们走进客厅。韦伯斯特夫人叫住他们，把一根手指竖在嘴唇前。卡莱尔看着他们，继续说。就让他们听吧，他想。这和他们也有关系。孩子们似乎明白他们得保持安静，甚至还假装感兴趣，他们坐在韦伯斯特夫人的腿边。过了一会儿他们就趴在地毯上，咯咯笑起来。韦伯斯特夫人严厉地看了他们一眼，孩子们就不笑了。

卡莱尔继续说。刚开始，他的头还是疼，自己穿着睡衣坐在沙发上的样子，也让他觉得很别扭，更何况他身旁还坐着一个老太太，正耐心地等着自己接着讲下去。不过，他的头慢慢不疼了，没多久，他也不觉得别扭了，甚至忘了自己该有什么感觉。他的故事本来是从中间讲起的，从孩子出生以后。后来，他回溯到最初，从头开始，从艾琳十八岁、他自己十九岁的时候开始，那时，青春大好，爱情如火。

他停下来，擦擦前额，舔了舔嘴唇。

“继续讲吧！”韦伯斯特夫人说，“我知道您在说什么。继续讲，卡莱尔先生。有时候，说出来就好了。有时候，得说出来。况且我也爱听。讲出来，您就会感觉好些了。类似的事我也曾经历过，就是您正描述的事。爱情。就是它。”

孩子们在地毯上睡着了。基思的大拇指塞在嘴里。当韦伯斯特先生来到门口敲门，走进屋来接韦伯斯特夫人的时候，卡莱尔还没讲完。

“坐下，吉姆，”韦伯斯特夫人说，“不着急。继续说您的，卡莱尔先生。”

卡莱尔冲老头点点头。老人也冲他点点头，在餐厅里给自己找了把椅子，搬进客厅。他把椅子放在沙发边上，坐下时轻轻叹了口气。他摘下帽子，疲惫地把一条腿搭在另一条腿上。当卡莱尔继续讲下去的时候，老人把双脚都放在了地上。孩子们醒过来，坐在地毯上，前后晃着脑袋。不过，那时卡莱尔已经把自己知道的都讲完了，他停了下来。

“很好，这样对您很好。”韦伯斯特夫人看他讲完后这样说，“您是好人。她也一样——卡莱尔夫人也一样。别忘了，等这件事过去以后，你们俩都会没事的。”她站起来，解下身上的围裙。韦伯斯特先生也站起来，戴上帽子。

在门口，卡莱尔和韦伯斯特夫妇握手。

“再会了！”吉姆·韦伯斯特说完，压了压自己的帽檐。

“祝你们好运。”卡莱尔说。

韦伯斯特夫人说，明早见，就像往常一样，一大早就来。

就像是决定下来什么重要的事情，卡莱尔说：“好的！”

老夫妇小心地沿着甬道走到他们的小卡车旁。吉姆·韦伯斯特弯腰钻到仪表盘底下。韦伯斯特夫人看着卡莱尔，挥挥手。就在那时，站在窗边，他感到有什么结束了。那和艾琳有关，和此前的生活有关。他曾朝她挥过手吗？他肯定挥过，当然了，他知道他以前挥过，但就在刚刚，他想不起来了。他明白，一切结束了，他感到自己能够放她走了。他确信，他们曾经在一起的生活，就像他自己刚刚说的那样发生过。但那已经是过去的事了。而那段生活的离去——虽然这曾经对他来说根本不可能发生，而且他自己也曾竭力反抗过——也将变成现在的他的一部分，就和他留在身后的所有东西一样。

伴着小卡车的蹒跚前行，他又一次抬起手臂。老夫妇开车离开的时候，他看见他们朝他匆匆倾了倾身子。那之后，他放下手臂，转向他的孩子们。

马笼头

这辆挂着明尼苏达州车牌的旧旅行车开进了窗外的停车场。一男一女坐在前座，两个男孩坐在后面。七月，气温在一百度以上[①]。这几个人的样子就像是刚被打了一顿似的。车里挂着衣服，各种各样的手提箱和盒子堆在后面。后来我和哈利才弄清楚，自打明尼苏达州的那家银行没收了他们的房子、小卡车、拖拉机、农具和几头母牛后，车里的这些东西就是他们所剩的全部家当了。

这几个人在车里坐了一会儿，像是正在努力振作起来。我们公寓里的空调开到了最大风量。哈利在后面除草。车内坐在前座的女人和男人交谈了几句，一起下了车，向公寓的前门走过来。我拍了拍自己的头发，确定发型没乱，一直等到他们按过两次门铃，才打开门让他们进来。“你们是想找公寓吧？”我说，“进来吧，里面凉快。”我带他

① 此处为华氏度，华氏一百度约等于 37.7℃。

们走进客厅。客厅是我工作的地方，我在这儿收房租，写收据，和当事人交谈。我也给别人理发。我管自己叫发型师。我的名片上就是这么写的。我不喜欢美容师这个词，太老派。我在客厅的一角放了椅子，烘干机可以从椅背后面拉出来。几年前哈利在那里装了个洗头池。椅子旁边，我摆了张桌子，放了些杂志。杂志是旧的，有的连封面都没了。但人们在脑袋套上烘干机后，什么东西都看得下去。

男人说出了他的名字。

“我叫霍利斯。”

他告诉我她是他的妻子，但她只是看着自己的指甲，没有看我。她和霍利斯也不坐下。他说，他们对带家具的套房感兴趣。

“你们几个人？”我只是习惯性地问道。我知道他们有几个人。我看见后座上坐着两个男孩。二加二得四。

“我，她，还有两个男孩，一个十三岁，一个十四岁。他们可以住一个房间，一向如此。”

她的手臂抱在一起，拉着上衣的袖子，盯着椅子和洗头池看，就好像从没见过一样。可能她真的没见过。

“我也给人理发。”我说。

她点点头，然后看了一眼我的祈祷树[1]。那上面就剩下五片叶子了。

“它需要浇水。”我走过去，摸着一片叶子说，“这里的所有东西都缺水。这里的空气也缺水分。赶上好光景，一年也才下三次雨。但你们会习惯的。我们已经被逼得习惯了。不过这里到处都有空调。”

“这个地方多少钱？”霍利斯想知道。

我告诉了他。他转过身，看她怎么想。但也有可能他只是看着墙壁。她没有回看他。“我想，我们得麻烦您带我们去看看房间。”他说。于是我便拿了17号房的钥匙，和他们一起走出来。

还未见到哈利，我就先听见了他的声音。

然后他出现在楼之间，跟在电动割草机后面，穿着百慕大短裤[2]和T恤衫，戴着他在诺伽勒斯[3]买的草帽。他把时间花在除草和一些零碎的维修工作上。我们为同一家公

① 祈祷树（prayer plant），一种常见的竹芋科室内观赏植物。

② 百慕大短裤（Bermudas），一种长至膝上两三公分的短裤，最初为百慕大岛的男士配半筒袜穿，故得此名。

③ 诺伽勒斯（Nogales），美国亚利桑那州南部城市，与墨西哥交界。

司工作，富尔顿·特拉斯股份有限公司。这地方归他们所有。要是有什么大件儿坏了，比如空调出了问题，或是水暖设备发生了故障，我们有一张单子，可以拨打相应的维修电话。

我挥了挥手。我不得不这样做。哈利一只手松开割草机的扶手，向我打招呼。然后，他把帽檐拉下来盖住前额，将注意力重新转移到他的活儿上。这边割到尽头，他就换个方向，向街道那边割回去。

“那是哈利。”我不得不喊着说。我们从楼的侧门走进公寓，顺着楼梯往上走。“霍利斯先生，您是做哪一行工作的？”我问他。

“他是种地的。”她回答。

“不再是了。”

“这边的农场可不多呀。”我脱口而出。

“我们以前在明尼苏达州有个农场，种小麦，也养些牲口。霍利斯还懂马。只要是关于马的事，他都门儿清。”

“行了，别说了，贝蒂。”

这下，我明白了个大概：霍利斯失业了。这不关我的事，而且若果真如此——后来发现，的确是这样——我也只能替他们难过。但当我们在一套公寓门前停下时，我还是不得不说："如果你们决定好了，得先交第一个月和最后一个月的房租，再加上一百五十块钱的押金。"说这些的时候，我看着楼下的游泳池，有人正坐在折叠躺椅上，也有人泡在水里。

霍利斯用手背擦了擦脸。哈利的割草机噼里啪啦地开走了。更远的地方，有辆车在佛得街上飞驶而过。两个男孩已经下了车，其中一个立正站着，腿并在一起，手放在身体两侧。但就在我看着他的时候，他开始上下扇动自己的胳膊，跳着，像是想要腾空起飞一样。另一个男孩在车子的驾驶室旁边，练着深蹲。

我扭过头看着霍利斯。

"我们进去看看吧。"他说。

我转动钥匙，开了门。这就是一套带家具的小两居室，最常见的那种。霍利斯在卫生间待了一会儿，试了试抽水马桶。他看着，直到水箱里重新蓄满水。过了一会儿，他说："这间可以作我们的卧室。"他在说那间能看见外面泳池的卧室。在厨房里，女人扶着沥水台，盯着窗外看。

"那就是游泳池。"我说。

她点点头。“我们以前住过一些带泳池的汽车旅馆。但有一个游泳池，他们往里面放的氯气实在是太多了。”

我等着她继续往下说。她却打住了。我也想不出有什么可说的。

“我想，我们就别再浪费时间了。就要这套吧。”霍利斯一边说，一边看着她。这次，她和他对视，点了点头。他从牙齿间呼出一口气。她也没闲着，开始用手指敲打台面。她一只手仍扶着水池旁边的台子，另一只手开始不住地敲打。吧嗒，吧嗒，吧嗒，就像在叫她的狗，或是想引起谁的注意。然后，她停了下来，用指甲划过台面。

我不明白她是什么意思。霍利斯也一样。他的脚动了动。

“我们回办公室吧，把事情敲定下来。”我说，“我很高兴。”

我是真的高兴。每年这个时候，我们总有很多空房，这几个人看上去还信得过，只不过是运气不好罢了，这没什么丢人的。

霍利斯付的是现金：头一个月的，最后一个月的，还有一百五十块的押金。我看着他点数五十美元面额的钞票。

虽然这样的钞票他肯定见得不多，但还是像老朋友似的管它们叫“美国格兰特”[1]。我开出收据，交给他两把钥匙，说：“都齐了。”

他看了看钥匙，递给她一把。

“好了，我们到亚利桑那州了。你从没想过会来亚利桑那州，是不是？”

她摇摇头，摸着祈祷树的一片叶子。

“缺水了。”我说。

她松开叶子，转向窗那边。我走到她身旁。哈利还在割草，只不过现在割到楼前面来了。因为刚才提到过种地的事，我突然想象着哈利身前的机器是一架耕犁，而不是他那台布莱克和戴克[2]牌电动割草机。

我看着他们从车上卸下盒子、行李箱，还有衣服。霍利斯抱着什么东西，从那上边耷拉下来几条皮带。我愣了一会儿，才看出来那是个勒马的笼头。我不知道接下来该

① 指五十美元面额的纸币上印着的格兰特将军的肖像。尤利西斯·格兰特（Ulysses Grant，1822－1885）是美国内战时期著名的将军，战后曾任美国第十八届总统。

② 布莱克和戴克（Black and Decker），美国马里兰州一家著名的电器公司，创建于 1910 年。

做点儿什么。我什么都不想干。我把那些“格兰特”从钱匣子里掏了出来，其实我是刚把它们放进去的，但又拿了出来。这些从明尼苏达州来的钞票，谁知道下周的这个时候它们会跑到哪儿去呢？可能会去拉斯维加斯。我对拉斯维加斯的所有了解都是从电视上看来的，加在一起也就芝麻粒那么点儿。我想象得出，这些“格兰特”中会有一张循着某条路跑到威基基海滩[①]，或是别的地方，迈阿密，纽约，新奥尔良。我想象着其中某一张钞票在狂欢节中转手。这些钞票可能会去任何地方，因为它们，什么事都有可能发生。我用钢笔在老格兰特的宽脑门上，用印刷体工工整整地写上我的名字：**玛吉**。我在每一张上面都写了。就在他浓密的眉毛上面。人们会在消费的时候，停下来琢磨琢磨：这个玛吉是谁？他们会问自己：谁是玛吉呢？

哈利从外面走进来，在我的洗头池里洗了手。他知道我不喜欢他这么做，但他不管，照洗不误。

“那几个从明尼苏达州来的人，”他说，“那些瑞典人，他们离家可真够远的。”他用一张纸巾擦干手。他想让我把自己知道的都告诉他。但我什么都不知道。他们长得不

① 威基基海滩（Waikiki Beach），位于美国夏威夷州火奴鲁鲁市。

像瑞典人，说话也不像。

“他们不是瑞典人。”我告诉他。但他表现得就像没听见我说的话一样。

“他是干什么的？”

“农民。”

“你怎么知道？”

哈利摘下帽子，放在我的椅子上，用手挠了挠头发。他看看草帽，又戴上了。他最好用胶水把它粘在头上算了。“这周围可没多少农场。你告诉他这个了吗？”他从冰箱里拿出一听汽水，坐在躺椅上，拿起遥控器，按了一下，电视嗞嗞响着打开了。他又按了几下上面的按钮，才找到他想看的，是个关于医院的节目。“除了种地，瑞典人还干什么？”

我不知道，所以我什么都没说。哈利已经开始看电视节目，他可能都忘了刚才问我的问题。警报响起来。我听见轮胎的尖叫。屏幕上，一辆救护车在急救室的入口前停了下来，红色的顶灯闪烁着。一个男人跳出来，跑过去拉开了车后的门。

第二天，男孩们借了浇水用的软管，从里到外地清洗那辆旅行车。过了一会儿，我看见那个女人开车出去了。她穿着高跟鞋和一套不错的衣服。我猜她是去找工作了。又过了一会儿，我看见男孩们穿着游泳衣，在泳池那儿折腾起来。其中一个从池沿跃入水里，一口气游到对面，才从水下抬起头，吐出水，甩了甩脑袋。另一个男孩，就是前一天练深蹲的那个，在泳池的另一边，趴在一块浴巾上。水里的男孩一直游着，从泳池这头游到那头，再从那头游回这头，摸一下墙壁，轻轻踹一下，掉头。

还有两个人也在外面，躺在泳池两边的休闲椅上遥遥相对。其中一个叫欧文·科布，在丹尼斯饭店[1]当厨子。不过他管自己叫斯帕兹[2]，人们也习惯叫他斯帕兹，而不叫他欧文或是别的什么绰号。斯帕兹五十五岁，秃顶。他看上去已经像块牛肉干了，却仍想多晒点儿太阳。现在，他的新太太琳达·科布在K超市[3]上班。斯帕兹上晚班。不过，他和琳达·科布总是能安排好他们的工作时间，凑到周末

① 丹尼斯饭店（Denny's），美国最大的连锁家庭饭店，常年24小时营业。
② 斯帕兹（Spuds）意为马铃薯（复数）。
③ K超市（K Mart），美国大型连锁超市。

一起休息。康妮·诺瓦躺在另一把椅子上，现在正坐起来，往腿上抹防晒霜。她几乎全身赤裸，只有单薄的两件套泳装遮住必要的地方。康妮·诺瓦是个送鸡尾酒的女招待，六个月前和她那个所谓的未婚夫——一个酒鬼律师——一起搬进这里。不过，她已经把那个人甩了。现在她和一个长头发的大学生住在一起。我碰巧知道，那个名叫里克的大学生眼下不在这儿，他去看望父母了。斯帕兹和康妮都戴着墨镜。康妮的手提收音机开着。

斯帕兹在大约一年前搬进来的时候，刚成为鳏夫没多久。不过，重回单身状态还没几个月，他就娶了琳达，一个三十多岁的红发女人。我不知道他们是怎么碰到一块儿的。几个月前的一个晚上，斯帕兹和他的新太太请我和哈利一起去他家做客，斯帕兹做了一顿很不错的晚餐。饭后，我们坐在他们的客厅里，用大玻璃杯喝甜饮料。斯帕兹问我们想不想看家庭录像。我们说，当然。斯帕兹便支起屏幕和放映机。琳达·科布又给我们倒了些那种甜饮料。我对自己说，看看也无妨吧？斯帕兹开始给我们放录像，拍的是他和他已故的妻子去阿拉斯加旅行的事。开头是那个女人在西雅图上飞机。斯帕兹一边控制放映机，一边给我们讲解。这位已故的女人那时有五十多岁，虽然有点儿胖，但仍然很漂亮。她的头发很好。

“那是斯帕兹的前妻，”琳达·科布说，“第一任科布夫人。”

“她叫伊夫琳。”斯帕兹说。

第一任夫人在屏幕上待了很久。这样一边看着她，一边听他们谈论她，很有意思。哈利向我递来一个眼神，我知道他也有些想法。琳达·科布问我们还想不想再喝一杯，或是来一块杏仁饼。我们都说不用了。斯帕兹又谈起他的第一任科布夫人。她还站在飞机的入口处，乘客们不得不绕过她才能登机。她微笑着，嘴一动一动地说着什么，但你能听见的只是胶片穿过放映机的声音。她一直朝摄像机挥手，一直朝着坐在斯帕兹客厅里的我们挥手。她挥了又挥。每次第一任科布夫人出现在屏幕上，新任科布夫人都会说：“伊夫琳又来了。”

斯帕兹的录像本来可以放映一整晚，但我们说我们得走了。哈利编了个借口。

我想不起来当时他是怎么说的了。

康妮·诺瓦仰面躺在椅子上，墨镜盖住了半张脸，腿和肚皮都油亮油亮的。搬进来后不久的一个晚上，她办了一次聚会，她称之为新居“暖房”。那时，她还没有把那个律师轰走，还没有和那个长头发的好上。她请了我、哈利，还有一大帮人。我们去了，但不在乎还有谁参加。我们在门边找了个地方坐下，一直到走也没挪动。不过，我们总共也没待多久。康妮的男朋友搞了一项幸运抽奖活动，奖品是为办理离婚提供免费的法律服务。谁离都不要钱。他递给大家一个碗，谁要是愿意，就从里面抽一张卡片出来。碗传到我们这边的时候，大家都笑起来，我和哈利交换了眼神。我没拿。哈利也没拿。但我看见他往碗里瞟了一眼那堆卡片，然后摇摇头，把碗传给旁边的人。连斯帕兹和新任科布夫人都各抽了一张卡片。获奖的卡片背面写着：“持此票据者可免费办理一次协议离婚”，后面是律师的签名和日期。那个律师是个醉鬼，但我还是得说，日子不能这么过。除了我们，所有人都把手伸进了那个碗里，好像那真的很好玩似的。抽到获奖卡片的女人还拍起手来，就像这是个什么游戏节目。“天哪，这可是我第一次抽到奖！”有人告诉我，她的丈夫是个当兵的。不知道她现在是仍和那个当兵的在一起，还是已经离了婚，因为和那个律师分道扬镳后，康妮·诺瓦也换了一拨朋友。

抽奖一结束，我们就出来了。对于这场聚会给我们留下的印象，我们无话可说，只有一个人说了句：“我真不敢相信我都看到了些什么。”

可能是我说的吧。

过了一个星期，哈利问我，瑞典人——他是说霍利斯——有没有找到工作。我们刚吃完午饭，哈利拿着一听汽水坐在椅子上，还没来得及把电视打开。我说我不知道。我真的不知道。我等着看他还有什么要说的。但他什么也没说，只是摇了摇头，像是在想什么事。之后，他按下按钮，电视活了。

那个女人倒是找到了工作，在一家意大利餐馆当服务员，跟这里隔着几条街。她轮班工作，午餐后回家，晚餐时间再去上晚班，成天进进出出。男孩们整天游泳，霍利斯一个人待在公寓里面不出来，不知道都在屋里做些什么。有一次，我给那个女人理发的时候，她告诉我了一些事。她说，她高中刚毕业就做了服务员。她就是在餐馆里遇见霍利斯的。那还是在明尼苏达州，她给他送上几块煎薄饼。

那天早上，她从楼上走下来，问我能不能帮她个忙。她想让我帮她在中班后做个发型，赶在晚班前弄好。我能做吗？我跟她说，我得查查我的时间表。我请她进屋来，外面肯定有一百多度了。

“我知道这有点突然，”她说，“我昨晚下班回来，一照镜子，看见我的发根都露出来了，我就跟自己说：‘我得做做头发了。’除了你这儿，我不知道还能去哪儿做。”

我找到了星期五，八月十四日，那一页上什么都没写。

我说：“我两点半能做，要不三点也行。”

“三点吧。”她说，“我现在得赶紧走了，否则就迟到了。我的老板可是大浑蛋。待会儿见。”

两点半的时候，我跟哈利说，我有个顾客要来，他得到卧室里去玩他的棒球游戏了。他抱怨了几句，但还是卷起电线，把一整套东西推到后面，关上了门。我确定一切准备就绪了。我把杂志放到好拿的地方，坐到烘干机旁边，打磨起自己的指甲来。我穿着理发时穿的玫瑰色制服，一边不时地抬起头看看窗口，一边继续锉我的指甲。

她从窗口旁经过，按响了门铃。“进来吧，”我喊道，“门没锁。”

她还穿着上班时穿的黑白相间的制服。我发现我们都穿着制服。“请坐，亲爱的，咱们开始吧。”她看了看那个指甲锉，我解释说：“我也给人修指甲。”

她坐下来，深吸了一口气。

我说：“头向后靠，对，就这样。现在，闭上眼，好吗？放松点儿。我先给你洗头，然后从发根染起。你能待多久？”

“五点半前我就得回去。”

“没问题，我们做得完。”

“我可以在上班时吃饭。但我不知道霍利斯和孩子们的晚饭怎么办。”

“你不在，他们也能过。”

我打开热水时，发现哈利把一些土和草蹭在了水池上。我把它们擦干净后重新开始。

我说：“他们要是愿意，可以走到街那头，去那家汉堡店吃饭，那也不坏呀。”

“他们不会去的。再说，我也不希望他们非得去那儿才行。”

这不关我的事，所以我没再多说话。我弄出一团不错的洗发泡沫，开始工作。洗完了头，冲洗干净，又做好发型后，我给她罩上烘干机。她闭着眼，我想她可能是睡着了，便拿起她的手。

“不用修指甲。”她睁开眼，把手抽了回去。

“没事，亲爱的。第一次修指甲都是免费的。”

她把手递给我，拿了一本杂志，放在大腿上。“他们都是他的孩子，”她说，“他前妻生的。我碰到他的时候，他已经离了婚。不过我爱他们就像爱我自己的孩子。我太爱他们了，爱得不能再爱了，就算是他们的亲生母亲，也不会比我爱得更多。”

我把烘干机调低了一个挡，好让它只发出很低很轻的声音。我继续修剪她的指甲。她的手放松下来。

“十年前的新年那天，那个女人甩下霍利斯和男孩们，跑了。他们再也没听到过她的消息。”我看得出来，她想跟我聊这些事。我不介意。来做头发的人只要坐在椅子上，都喜欢聊天。我继续锉指甲。“霍利斯离了婚。那之后，我们开始一起出去玩，后来就结婚了。很长一段时间，我们有自己的生活，虽然起起落落，有好有坏，但我们觉得我们还是在朝着某个目标努力前进。”她摇摇头，接着说，

“但后来，出事了。我是说，霍利斯出事了。主要是他迷上了马。特别是有一匹赛马，他买了下来，你知道，先交点儿首付，然后每个月再付贷款。他把它带到了赛马场。他还是每天天没亮就起床，像往常一样，干点儿杂活。我以为一切都挺好。但我其实什么都不知道。说真的，服务员的工作，我做不好。我想只要我给那些意大利人随便一个理由，或是根本什么借口都不用，他们随时可以辞掉我。要是我被解雇了怎么办？以后怎么办？”

我说：“别担心，亲爱的。他们不会解雇你的。”

没多久，她就拿起另一本杂志，但没有翻开。她只是拿着它，继续对我说：“先不管那些，接着说他那匹马，‘胖贝蒂’。叫它贝蒂只是为了好玩。但他说，只要给马取我的名字，那匹马肯定能赢。好吧，大赢家。但其实呢，每赛必输。每一场比赛！‘没戏的贝蒂’，当初应该这么叫它才对。起初，我还去看过几场比赛。那匹马的赔率总是九十九比一。赔率就是这样。但霍利斯除了顽固，没别的本事。他就是不认输，在那匹马身上赌了又赌。二十块赌它赢。五十块赌它赢。再加上养它的花销。我知道听起来好像没多少，但积少成多。而且，当赔率是那种情况的时候——你知道，九十九比一——有时他会买张联合券。他常问我知不知道要是那匹马赢了的话，我们能赚多少钱。但它赢不了，我也就不再去看了。”

我接着干我的，集中注意力在她的指甲上。“你的角质层很好，”我说，“看看你的角质层，看见这些小月牙形的东西了吗？表明你的血液很好。”

她把手抬起来，凑近了看。“从这上边你能知道什么呢？”她耸了耸肩膀，又把手伸给我。她还没说完。“我上高中时，有一次，辅导员把我叫进办公室。所有女生她都叫了，每次叫一个。那个女人问我：‘你有什么梦想？十年后你希望你在做什么？二十年后呢？’那时我十六七岁，还是个孩子呢，我想不出该怎么回答。我就像个傻子一样坐在那儿。那个辅导员有我现在这么大岁数。我那时觉得她很老。她老了，我对自己说。我知道她的人生已经过半。我觉得自己知道一些这个老女人不知道的事，一些她永远也不会明白的事。一个秘密，应该没人知道，甚至没人谈论过。所以我只是摇摇头，安静地坐着。她肯定把我当成一个笨蛋了。但我什么都不能说。你明白我的意思吗？我觉得我知道一些她猜都猜不着的事。要是现在有人再问起我那个问题，关于我的梦想之类的，我会回答他们的。”

“你会怎么说，亲爱的？”我拿起她的另一只手，但没有修剪她的指甲，只是拿着，等着听她说。

她在椅子上向前蹭了蹭，想把手抽回来。

“你会怎么跟他们说呢？”

她叹了口气，向后靠去，任凭我拿着她的手。“我会说：‘梦啊，你知道，不过是你从中惊醒的东西。’这就是我要说的。”她抚平大腿上的裙子，接着说，“要是有人问起，我就会这样说。不过，没人会问的。”她又叹了口气，问我：“还要多久？”

“快了。”我说。

“你不会知道那是种什么样的感觉。”

“我知道。”我说。我把凳子拉到她的腿跟前，正准备告诉她，我们搬到这儿以前是什么样子，而现在仍然是什么样子。偏偏哈利挑了这个时候从卧室里走出来。他没看我们。我听见卧室里电视正传出嘈杂的人声。他走到水池那儿，接了杯水，仰头喝了下去，喉结上下移动。

我挪开烘干机，摸了摸她两侧的头发，稍稍拉起一缕卷发。

我说:“亲爱的，你看起来焕然一新。”

“我不正希望如此吗？”

每天，男孩们还是从早到晚地游泳，一直游到开学。贝蒂继续上她的班，但再也没来做过头发。我不知道原因，可能是她不喜欢我的手艺。有时，我躺着睡不着，身旁的哈利却睡得像块磨盘，我会试着把自己想象成贝蒂。真不知道，如果身处她的境地，我会怎么办。

九月和十月的第一天，霍利斯都派了一个男孩来付房租。他还是付现金。我从男孩手里接过钱，当着他的面数清，开出收据。霍利斯也找到了某份工作。反正，我猜他是找到了。每天他都开着那辆旅行车出去。我看见他一大早就走，傍晚才回来。而贝蒂总是在十点半经过我的窗前，下午三点回来。如果看见我，她会冲我轻轻地挥手，但不微笑。五点钟，我会再次看见贝蒂，她正返回餐馆。过一会儿，霍利斯就会开着车回来。一切就这样继续着，直到十月中旬。

这期间，霍利斯夫妇认识了康妮·诺瓦和她的长发男友里克。他们也遇到过斯帕兹和新任科布夫人。有时，周日下午，我能看见他们几家都坐在泳池周围，手里拿着饮料，听着康妮的手提收音机。哈利说，有一次，他在楼后面的烧烤区见过他们，他们也都穿着泳装。哈利说，那个瑞典人的胸脯像牛的一样。哈利说，他们吃热狗，喝威士忌。他说他们都醉了。

那是一个周六，晚上十一点多。哈利躺在椅子上睡着了。过一会儿，我就得起来，把电视关了。我知道，等我关电视时，他准会醒来。“你干吗把电视关了？我正看着呢。”他会这样说。他总是这样说。反正，现在电视还开着。我头顶着卷发夹子，腿上放着杂志。偶尔，我会抬起头看看，但这个节目我实在看不下去。他们全在外面，围在泳池边，斯帕兹、琳达·科布、康妮·诺瓦、长发男子，还有霍利斯和贝蒂。我们有规定，晚上十点后就不能进泳池区了。但今晚，他们可不管什么规定不规定的。哈利要是醒过来，会出去说几句。我倒觉得他们乐一乐也没什么关系，只是现在到了该打住的时候了。我不时站起来，走到窗边。除了贝蒂，所有人都穿着泳衣。贝蒂还穿着制服，但鞋已经脱了。她手里拿着玻璃杯，和其他人一起喝酒。我一直拖着没关电视。后来，有人喊了句什么，另外一个边起哄边笑起来。我看见霍利斯喝光了酒，把玻璃杯放在泳池边。他走到池边的小屋前，拉过一张桌子，爬了上去，然后不费吹灰之力就翻到了屋顶上。我想，他的确够壮的。长发男子鼓起掌来，好像为霍利斯欢呼叫好。剩下的人也都嗷嗷起哄。我知道我必须出去制止他们。

哈利歪倒在椅子上，电视还开着。我轻轻推开门，走出来，带上门。霍利斯还站在房顶上。他们正怂恿他。他们说“跳啊，你能行”“别让肚皮先砸在水上，跳吧”“我谅你也不敢”之类的话。

然后我听见了贝蒂的声音。“霍利斯，想清楚你在干什么呢！”但霍利斯只是站在那儿，站在房檐上。他看向下面的水，像是正在计算需要多长的助跑才能跳进去。他向后一直退到房檐边上，往手上吐了口唾沫，搓了搓手。斯帕兹叫着：“行了，老兄！现在就跳吧。”

我看见他砸在泳池的边沿。我也听见了那一声。

“霍利斯！”贝蒂尖叫着。

他们都跑到他身边。等我赶到那里，他已经坐了起来。

里克正扶着他的肩膀，冲着他大喊："霍利斯！哎，伙计！"

霍利斯目光呆滞，他的额头上裂了个口子。斯帕兹和里克把他扶到椅子上。有人递给他一条毛巾。霍利斯拿着毛巾，却像不知道该拿它做什么一样。又有人递给他一杯酒。但霍利斯也不知道该拿这杯酒怎么办。大家一直在跟他说话。霍利斯用毛巾擦了擦脸，然后把毛巾拿开，看着上面的血。但他只是看着。他看起来似乎什么都理解不了。

"让我看看他。"我绕到他跟前。情况不妙。"霍利斯，你怎么样？"霍利斯只是看了看我，眼神涣散。"我觉得他最好赶快去急诊。"我说这话时，贝蒂看着我，开始摇头。她又看了看霍利斯，给了他另一条毛巾。我想，她还清醒。剩下的人都喝醉了。除去醉了，没有别的更好的词能形容他们。

斯帕兹接起我的话说："我们送他去急诊吧。"

里克说："我也去。"

"我们都去。"康妮·诺瓦说。

"我们最好一起去。"琳达·科布说。

"霍利斯。"我又叫了一次他的名字。

"我不能去。"霍利斯说。

“他说什么？”康妮·诺瓦问我。

“他说他不能去。”我告诉她。

“去哪儿？他说什么呢？”里克也想知道。

“再说一遍？”斯帕兹说，“我没听见。”

“他说他不能去。我猜他不知道自己在说什么呢。你们最好送他去医院。”我说。然后我想起了哈利和那条规定。“你们不应该待在这儿的。任何人都不许。我们有规定。现在，快走吧，送他去医院。”

“我们送他去医院吧。”斯帕兹说，就像这是他刚刚想出来的主意。他可能是醉得最厉害的一个。首先，他站都站不直了，摇摇晃晃的。而且他一再抬起脚，又放下去。灯光从泳池上方打下来，照得他的胸毛一片雪白。

“我去开车，”长发男子说，“康妮，给我车钥匙。”

“我不能去。”霍利斯说。他把毛巾挪到下巴上，但裂口在他的额头上。

“把那件毛巾浴袍给他。他不能就这样去医院。”琳达·科布说，“霍利斯！霍利斯，是我们呀。”她等了等，从霍利斯的手里拿过那杯威士忌，喝了一口。

我能看见有人站在自家窗前，望着下面的骚乱。灯亮了起来。“睡觉去！”有人喊道。

最后，长发男子把康妮的达特桑[1]从楼后开到了泳池跟前。大灯亮着，发动机轰鸣。

“天哪，都回去睡觉！”那个人又喊了一遍。更多的人走到窗前。我以为哈利随时会出现，戴着草帽，火气冲天。但后来我想，不会的，他会一直睡下去的。还是别管哈利了。

斯帕兹和康妮·诺瓦从两边架起霍利斯。霍利斯走不直，七扭八歪的。一方面是因为他醉了，但肯定也是因为刚才那一下把他摔坏了。他们先把他放进车里，然后都挤了进去。贝蒂是最后一个上车的。她不得不坐在别人的腿上。车开走了。刚才喊着让大家睡觉的那个人，重重地关上了窗户。

接下来的一整个星期，霍利斯都没出门。我想贝蒂肯定是辞了工作，因为我再没看见她从窗前经过。有一次我看见男孩们从门前路过，便走出来，直截了当地问他们：“你们的父亲怎么样了？”

“他把脑袋摔伤了。”其中一个回答说。

---

① 达特桑（Datsun），尼桑旗下的一个子品牌。

我等着，希望他们能说得详细点儿。但他们没有。他们耸耸肩，带着他们的午餐饭袋和文件夹，上学去了。后来，我有点儿后悔没问他们继母的情况。

我在外面看见霍利斯的时候，他缠着绷带，站在他家的阳台上。他连头都没有点一下，仿佛我是个陌生人，他不认识我，或是不想认识我一样。哈利说，霍利斯对他也是这样。他不太高兴。“他是怎么回事？”哈利想知道。“可恶的瑞典人。他的脑袋怎么了？有人用皮带抽他了，还是怎么的？”哈利说这些的时候，我什么都没说。我根本不搭理他。

后来，在那个周日的下午，我看见一个男孩抱着一只盒子走出来，放进那辆旅行车里。他走回来，上了楼。不一会儿，他又抱着一只盒子走下来，也放进车里。那时，我明白他们准备搬家了。我没跟哈利说。反正，他很快就会知道的。

第二天早晨，贝蒂派一个男孩送来一张便条，说她很抱歉，但他们不得不离开了。她给了我她妹妹在印第欧[1]的地址，说我们可以把押金寄还到那里。她指出，他们在

① 印第欧（Indio），美国城市，位于南加州的沙漠地带。

租期截止前八天就会搬走，但房租已经付了。虽然他们没有按规定提前三十天通知我们，但她还是希望会有退款之类的补偿。她说："万分感谢。也谢谢你那次替我做头发。"她在最后签上："诚挚的，贝蒂·霍利斯"。

我问男孩："你叫什么名字？"

"比利。"

"比利，请告诉她，我真的很难过。"

哈利读了她写的便条，说要是他们能看见富尔顿·特拉斯还给他们钱，那才是见了鬼呢。他说，他不理解这些人。"这些人活着，就像是这世界欠着他们一样。"他问我他们要去哪儿，我一无所知。可能回明尼苏达州吧。我怎么知道他们会去哪里？但我又想他们不会回明尼苏达州了。我想他们会去别的地方碰碰运气。

康妮·诺瓦和斯帕兹坐在椅子上，还是老地方，泳池的两侧。时不时地，他们会看看霍利斯家的男孩们搬东西出来，放到车上。然后霍利斯自己走了出来，胳膊上挂着一些衣服。康妮·诺瓦和斯帕兹大声叫着，冲他挥手。霍利斯看着他们，就像不认识他们一样。接着，他举起没拿东西的那只手。只是举起手，仅此而已。他们又挥了挥手。

霍利斯这才挥了起来。他一直挥着手，在他们停下来后还挥着。贝蒂下楼来，捅了捅他的胳膊。她没有挥手。她连看都没看那些人。她跟霍利斯说了些什么，他便继续往车那边走去。康妮·诺瓦重新躺回椅子上，伸手调高了手提收音机的音量。斯帕兹拿着墨镜，看了霍利斯和贝蒂一会儿，然后把墨镜架在耳朵上。他在休闲椅上躺好，继续晒太阳，努力把自己老皮革一样的身体晒成褐色。

最后，他们把东西全都装好，可以上路了。男孩们坐在后座，霍利斯坐在方向盘后，贝蒂紧挨着坐在他的右边。一切就像他们开到这里的时候一样。

“你看什么呢？”哈利问。

他正在休息，坐在椅子上看电视。他站起来，走到窗户边。

“噢，是他们。他们不知道他们要去哪儿，也不知道自己要做什么。这些疯狂的瑞典人。”

我看着他们开出停车场，拐上一条通往高速的公路。我又看了看哈利。他坐在椅子上，拿着一听汽水，戴着他的草帽，就像什么事都没有发生过，或是什么事都不会发生一样。

“哈利？”

当然，他没听见我叫他。我走过去，站在他的椅子前面。他吃了一惊，不明白我什么意思。他向后靠着，就坐在那儿，看着我。

电话响了起来。

“接电话，去呀。”他说。

我没搭理他。我干吗搭理他呢？

“那就让它响着吧。”他说。

我去找来拖把、几块抹布、S.O.S 牌清洁布，还有一个水桶。电话不响了。他还坐在他的椅子上，但把电视关了。我拿着万能钥匙，走出来，上楼来到 17 号房。我打开门，穿过客厅，走进他们的厨房——曾经是他们的厨房。

台面已经擦过了，水池和壁橱也是干净的。情况还不赖。我把清洁用品放在炉灶上，去看了一眼卫生间。没什么东西是钢丝球对付不了的。然后我推开那间能看见泳池的卧室的门。百叶窗拉了起来，床上的被褥已经撤下了，地板亮得发光。我大声说了句：“谢谢了！”不管她去哪儿，我都祝她好运。“祝你好运，贝蒂。”办公桌的一只抽屉开着，我走过去想把它关上。在抽屉最里面的角落里，我发现了那个勒马的笼头，就是霍利斯刚来的时候，拿进来的那个马笼头。肯定是他们匆忙之中把它忘了。但也可能不是。也可能是他故意留在这儿的。

“马笼头。”我说。我把它拿到窗边，借着亮光观察它。没什么特别的，不过是个深色皮革做的老旧的马笼头。我不太懂这种东西。但我知道其中一部分是要放在马嘴里的。这部分叫马嚼子，金属做的。缰绳从马头上绕过来，拉到马脖子上方，被人攥在手里。骑马的人向这边或是那边拉缰绳，马就扭过头，调转方向。容易得很。马嚼子又重又凉。要是你不得不把这东西咬在牙齿之间，我猜你马上就会明白了。当你感觉到它拉动你的时候，你就会知道，时间到了。你就会知道，你要去某个地方了。

大教堂

这个盲人，我妻子的一个老朋友，正赶来我家过夜。他的妻子死了，他来康涅狄格州看望他死去妻子的亲戚。在亲戚的家里，他给我妻子打了一个电话，商量好这次来访。他坐火车来，五个小时的车程，我妻子会去车站接他。十年前，她曾经在西雅图为这个盲人工作过一个夏天，打那以后，她再没见过他。但是，她和这个盲人一直保持着联系。他们用磁带录音，往来邮寄。对于他的来访，我没什么热情，我又不认识他。而且他是盲人这点也挺招我烦的。我对失明的印象都来自于电影。在那些影片里，瞎子们行动缓慢，永远板着脸。有时还得靠导盲犬引路。家里来个盲人可不是什么让我期待的事。

在西雅图的那个夏天，她身无分文，急于找份工作。夏末她要嫁给一个男人，那人正在军官培训学校里上学，也是一分钱都没有。不过，那时她爱他，他也爱她，如此等等。她在报纸上看到了这条广告：**招工**——给盲人读材料，后面有个电话号码。她打了电话，过去了一趟，当场就被录用了。整个夏天，她都为这个盲人工作，给他读案例研究、报告之类的东西。盲人在县社会服务部里有间小办公室，她也帮着收拾整理。他们成了好朋友。我是怎么知道这些事的？她自己告诉我的。而且她还告诉了我一些别的事情。她聘期的最后一天，在办公室里，那个盲人问，他能不能摸摸她的脸。她同意了。她告诉我，他的手指触摸到她脸上的每一个角落，她的鼻子，甚至她的脖子！她永远也忘不了。她甚至曾经为此写过一首诗。她总是想写诗。每年她都会写上一两首，通常是在有什么特别重要的事发生之后。

我们刚开始约会的时候，她曾给我看过那首诗。在诗里，她回味他的手指是怎样滑过她的脸颊。在诗里，她讲述了她当时的感受，描绘了一个盲人触摸她的鼻子和嘴唇时，她脑海里一闪而过的念头。我还记得，那时我觉得那首诗写得不怎么样。当然，我没跟她说。也可能是我不懂诗。我承认，要是我想读点什么的话，诗歌不会是首选。

不管怎样，当初她最先喜欢的那个人，那个未来的军官，是她的青梅竹马。所以，好了，我是在讲，那个夏末，她让盲人用手触摸了自己的脸，然后说了再见，嫁给了她的青梅竹马，那个人现在已经是个军官了。那之后，她离开西雅图，但她和那个盲人一直保持着联系。过了差不多一年，她主动联系了盲人。她在一天晚上从亚拉巴马州的一个空军基地打通了盲人的电话。她想聊聊。他们就交谈起来。他请她给他寄一盒磁带，说说她过得怎么样。她照做了，把磁带寄给了他。在磁带里，她向盲人讲述自己的丈夫，还有他们一起在军营里的生活。她告诉盲人，她爱她的丈夫，但不喜欢他们住的地方，也不喜欢她丈夫成了整个军事工业的一部分。她告诉盲人，她写了一首诗，他也在其中。她告诉他她正在写另一首诗，关于做空军军官的妻子是什么样。诗还没写完，她正在写。盲人也录了一盒磁带寄给她。她再录一盒。就这样持续了好多年。我妻子的军官先生去了一个又一个基地。她从穆迪空军基地寄过磁带，也从麦奎尔基地和麦康奈尔基地寄过[1]。最后是在特拉维斯基地，萨克拉门托[2]附近，在那里的某个晚上，

① 三个基地分别位于美国佐治亚州、新泽西州和堪萨斯州。

② 萨克拉门托（Sacramento），加利福尼亚州首府。

她开始感到孤独，她感到在漂泊不定的生活中，她与很多人失去了联系，并因此失去了他们。她开始感到，这样的日子她一步也走不下去了。她进屋，把药箱里的所有药片和胶囊都吞进嘴里，用一瓶金酒将它们冲进肚子里。她去洗了一个热水澡，便不省人事了。

但她没死，她只是生病了，呕吐。她的军官——他为什么要有名字呢？他已经是她的青梅竹马了，他还想怎样？——从外面回到家，发现了她，叫来了救护车。后来，她把这一切都录进磁带，寄给了那个盲人。这些年来，她把大大小小的事情都录进磁带，然后迫不及待地寄出去。除了每年写一首诗，我想这项活动就是她最主要的乐趣了。在一盒磁带里，她告诉盲人，她决定离开军官，自己生活一段日子。在另一盒磁带里，她告诉他，她离婚了。当然，关于我和她开始约会的事，她也告诉了她的盲人。反正在我看来，她没有什么不和他说的。有一次她问我想不想听听那个盲人刚寄来的磁带。那还是一年以前的事。她说，他提到了我。我说好吧，我听听。我给我们两个倒了酒，我们在客厅里坐下来，准备听磁带。她把磁带插进录音机，调了几个转钮，然后按下一个按键。磁带吱吱响了几声，接着，一个很响亮的声音说起话来。她调低了音量。几分钟无关痛痒的闲谈之后，我听见自己的名字从这个陌生人的嘴里蹦出来，这个我根本不认识的盲人！然后是这句话："根据你所说的他的情况，我只能得出这样的结论……"就在这时，有人敲门，有什么事打断了我们，之后我们再没有接着把那盒磁带听完。可能这样也好，我已经听到所有我想听的了。

现在，就是这个盲人要来我家，还要睡在我的房子里。

"我也许可以带他去打保龄球。"我对妻子说。她正在水池旁边的台子上切土豆条。她放下手里的刀，转过身。

"要是你爱我，"她说，"你就会为我做这件事。要是你不爱我，那就没什么可说的了。但要是你有朋友，任何朋友，来家里做客的话，我都会让他感到舒适的。"她用擦碗布擦了擦手。

"我可没有盲人朋友。"我说。

"你根本就没朋友。"她说，"就是这么回事。再说，该死的，他的妻子刚死了！你就不明白吗？那个人刚刚失去了他的爱人！"

我没回话。她跟我提过那个盲人的妻子。她名叫比乌拉。比乌拉！那是一个有色人种的女人名字。

“他老婆是个黑鬼？”我问。

“你疯了吗？”我妻子说，“你怎么能这么无礼？”她拿起一块土豆。我看见它砸在地上，滚到炉灶底下。“你犯什么病呢？”她说，“你喝醉了吗？”

“我就是随便问问。”我说。

在这之后，我妻子给我补充了更多的细节，远远超过了我所关心的范围。我倒上酒，坐在餐桌旁听着。故事的碎片一点点归位。

那年夏天，我妻子离开西雅图以后，比乌拉开始为那个盲人工作。没过多久，比乌拉和盲人就在教堂举办了婚礼。那是一场小型婚礼——谁会想去参加那样一场婚礼？——就他们两个人，再加上牧师和牧师的妻子。但那是场正经的教堂婚礼，他说过，那正是比乌拉想要的。那时，比乌拉肯定已经得了乳腺癌。他们两个形影不离地生活了八年以后——这是我妻子用的词，*形影不离*——比乌拉的健康状况急速恶化。她死在西雅图的一间病房里，盲人坐在病床边，一直拉着她的手。他们结了婚，一起生活，一起工作，一起睡觉，当然也做过爱，然后这个盲人不得不埋葬她。而经历过这一切后，他该死地都还没见过这女人到底长什么样！我是理解不了。听了这些，我先是有点替那个盲人感到难过，接着又发现自己琢磨起那个女人的一辈子是多么可怜。想想吧，一个女人永远无法在自己的爱人眼中看到自己。一个女人可以日复一日地生活，却从没得到过爱人对自己面容的哪怕最轻描淡写的恭维；一个女人，不管是痛苦还是喜悦，自己的丈夫永远都无法读出自己脸上的表情。可以化妆，也可以素面朝天——对他来说有什么区别吗？要是她愿意，她可以一只眼圈涂上绿色的眼影，鼻孔里穿根直挺挺的大头针，穿黄色的休闲裤配紫色的鞋，无所谓。我想象，就在她滑向死亡，那个盲人拉着她的手，失明的眼睛里淌着泪的时候，她最后可能会想：她坐在通向死亡的快车上，而盲人连她长什么样子都不知道。她给罗伯特留下一笔微不足道的保险赔偿和半枚二十比索的墨西哥硬币。硬币的另一半跟着比乌拉进了棺材。可怜。

快到点的时候，妻子去火车站接他。都是这个瞎子闹的，除了干等着，我无事可做。听见车开进家门前的车道时，我正喝着酒看电视。我拿着酒杯，从沙发上站起来，走到窗边向外看。

我看见妻子笑着停下车。我看见她下了车，关上门，脸上仍挂着一丝微笑。真不可思议。她走到车的另一边，那个盲人正准备下车。想象一下：这个盲人竟然蓄着络腮胡子！盲人加胡子！要我说，有点儿过了。盲人摸到后座上，拉出一个手提箱。我妻子挽着他的胳膊，关上车门，一路聊天，带他走下车道，又走上前门廊的台阶。我把电视关了，喝光酒，涮过杯子，擦干手，走到门口。

妻子说："来，见见罗伯特。罗伯特，这是我丈夫。我跟你聊过好多他的事。"她笑容满面，拉着盲人的大衣袖子。

盲人放下手提箱，伸出手。

我握住他的手。他紧紧握住我的手，攥了一会儿，才松开。

"我觉得就像我们已经见过面似的。"他的声音轰隆隆地响起。

"我也是。"我回答。我不知道还能说什么。然后我说："欢迎啊，总听她提起你。"我们像支小队伍一样移动起来，从门廊走进客厅，妻子一直拉着他的胳膊引导着他。盲人用另一只手提着箱子。妻子不时提醒他：“左转，罗伯特。对了。现在，小心，这儿有把椅子。好了，就坐这儿吧。这是沙发，我们两周前刚买的。”

我谈起以前那张旧沙发，我喜欢那张旧沙发，但我没提这一点。我想说点别的，随便聊聊，比如沿着哈德孙河坐火车过来，两旁的风景如何。比如从这儿坐火车去纽约，你应该坐在车厢里的右手边，要是从纽约来这儿，要坐左手边。

“这趟火车坐过来，感觉还好吗？”我说，“顺便问一句，你坐的是哪一边呢？”

“哪边？这叫什么问题！”我妻子说，“坐哪边有什么关系？”

“我就是随便问问。”我说。

“右边，”盲人回答，“我已经有将近四十年没坐过火车了。上次坐的时候，我还是个小孩子，和我父母在一起。很久以前了。我都快忘了那是什么感觉了。现在，我的胡子都白了，”他说，“反正别人是这么跟我说的。我看起来是不是很神气，亲爱的？”盲人对我妻子说。

“你看起来卓尔不群，罗伯特。”她说，“罗伯特，罗伯特，见到你真是太好了！”

我妻子的眼睛终于从盲人身上移开来，看了看我。我感觉得出来，我现在这样子，是她不太喜欢看到的。我耸耸肩膀。

我从没见过或是认识任何失明的人。这个盲人快五十岁了，块头很大，秃顶，垂着肩膀，就像扛了很重的东西似的。他穿着棕色的休闲裤，棕色的鞋，浅褐色的衬衣，打了领带，套着运动外套。很利落。还有络腮胡子。不过，他没有拄拐杖，也没戴墨镜。我之前总以为盲人肯定都戴墨镜。说实在的，我倒是希望他戴一副。乍一看，他的眼睛跟任何人的眼睛没什么两样。但如果你仔细看，还是能看出点区别来的。首先是眼白太多，其次，眼珠在眼窝里乱转，他自己似乎没有意识到，或是根本控制不了，怪吓人的。就在我盯着他看的时候，我看见他左边的眼珠向鼻子那儿转了过去，而右边的眼珠则努力保持不动。但也只是徒劳，因为那只眼睛可不管他知不知道或愿不愿意，一个劲儿自顾自地乱转着。

我说：“我给你倒杯酒吧。想喝点儿什么？我们这儿什么都有一点儿。喝酒是我们的一种消遣。”

“老弟，我自己就是个苏格兰人。”他嗓门不小，语速也够快的。

“好的，”我说。老弟！“你当然是。我早就知道了。”

他用手指摸着放在沙发边上的手提箱。他还在熟悉环境。这倒不能怪他。

“我把箱子给你搬到楼上房间去吧。”

“没事，”盲人大声地说，“我上去的时候可以顺便把箱子带上去。”

“苏格兰威士忌里加点儿水吗？”我说。

“一点点。”他说。

“我猜就是。”我说。

他说：“就加一点点。那个爱尔兰演员，巴里·菲茨杰拉德[①]，知道吗？我跟他一样。菲茨杰拉德说过，我喝水的时候，只喝水。喝威士忌的时候，只喝威士忌。”我妻子笑起来。盲人把手放在胡子底下，慢慢地拢上来，然后再松开，让胡子自己落下去。

我倒了酒，三大玻璃杯苏格兰威士忌，每杯里都掺了一点儿水。我们舒舒服服地坐下来，聊起罗伯特的这次旅

---

① 巴里·菲茨杰拉德（Barry Fitzgerald，1888 – 1961），爱尔兰裔好莱坞演员。

行。先是从西海岸到康涅狄格的一段漫长的飞行，我们先聊了这段。然后是从康涅狄格坐火车到这儿。谈到这段旅程，我们又喝了一杯。

我记得在什么地方读过，盲人不抽烟，据推测，原因是他们看不见自己吐出的烟雾。我本以为，关于盲人，我至少知道这点，当然我也就只知道这点而已。但是，这个盲人抽烟可是够凶的，一支烟烧到手指头，接着再点上另一支。等他把烟灰缸填满了，我妻子就去倒空。

在餐桌旁坐下吃晚餐的时候，我们又喝了一杯。我妻子在罗伯特的盘子上堆满了牛肉块、薯条和青豆。我又给他用黄油抹了两片面包，说："你的黄油和面包。"我喝了口酒，说："让我们祈祷吧。"盲人低下头。妻子看着我，目瞪口呆。我说："让我们祈祷，电话铃不会响，吃的东西别变凉。"

我们埋头吃起来。我们吃光了桌子上所有能吃的东西，就像明天不会到来一样。我们不说话。我们只是吃，狼吞虎咽，风卷残云。我们像在那张桌子上割草一样，吃光了所有的东西。那个盲人很快就确定了他的食物的位置，盘子里什么东西在哪儿，他都一清二楚。我佩服地看着他在肉上纯熟地舞动着刀叉。他切了两块肉，叉进嘴里，又全力以赴地消灭了薯条，然后是青豆，再撕下一大块涂了黄油的面包，一口吃掉了，接下来喝了一大杯牛奶。这中间，他似乎也不介意偶尔扔下刀叉，直接上手。

我们消灭了所有的东西，包括半个草莓派。

有一会儿，我们就像吃傻了一样，满脸汗珠地呆坐着。最后，我们从桌旁站起来，留下一片杯盘狼藉。我们头也不回地径直走进客厅，重新陷进我们之前的座位里。罗伯特和我妻子坐在沙发上，我坐在一把大椅子上，一起又喝了两三杯酒。他们谈论起最近十年里，各自都经历了什么重要的事情。我基本上只是听着，偶尔也会插两句话，为了不让那个盲人觉得我已经离开了房间，也为了不让我妻子以为我觉得受了冷落。他们聊着这十年来发生在他们身上的事——他们身上！我一直等着我的名字出现在我妻子那甜美的嘴唇上，“然后，我亲爱的丈夫就走进了我的生活”之类的话。但都是白费工夫，我半个字都没听到。只有罗伯特这个，罗伯特那个。罗伯特好像什么事都做过一点儿，一个瞎子万事通。最近干过的事是，他和他妻子分销安利的产品，我猜他们就是靠这个养家糊口的吧，至少以前是。这个盲人还是个业余无线电爱好者。他用他的大嗓门讲了他和很多业余同行之间的通话，那些人有来自关岛的，菲律宾的，阿拉斯加的，甚至连塔希提岛的人都有。他说，要是他什么时候想去那些地方旅游，他会有很多当地的朋友。他不时把他那张双目失明的脸转过来冲着我，手托着胡子向我问这问那。现在这份工作我干了多久了？（三年。）喜欢自己的工作吗？（不。）会一直干下去吗？（还有什么别的可选吗？）当我觉得他快没话说了的时候，便站起身，打开电视。

妻子瞪着我，气得马上就要发作。然后，她看着盲人，问："罗伯特，你有电视吗？"

盲人回答说："亲爱的，我有两台电视。一台彩色的，还有一台黑白的，是个老古董。不过，有意思的是，我要是开电视，当然我的电视总是开着的，我都会开那台彩色的。很有趣，是不是？"

我不知道有什么可说的。一个字都没的说。没有看法。我看着新闻节目，努力听播音员在说什么。

"这是台彩色电视，"盲人说，"别问我怎么知道的，我就是能分辨出来。"

“前不久我们刚换的。”我说。

盲人又尝了一口酒，把胡子拉起来，闻了闻，又放了下来。他坐在沙发上，身子向前倾斜。他把烟灰缸摆在咖啡桌上，把打火机放在烟旁边，向后靠在沙发上，双腿在脚踝处交叉在一起。

我妻子捂住嘴，打了一个哈欠。她伸了个懒腰，说：“我想，我得上楼换上睡衣了。我去换身衣服。罗伯特，别客气，你怎么舒服怎么来。”

“我现在就很舒服。”盲人说。

“我希望你在我家能觉得舒服。”她说。

“我很舒服。”盲人说。

妻子上楼以后，我和他听了天气预报，又听了体坛快讯。妻子已经离开了很长时间，我不知道她还要不要回来。我觉得，她可能已经上床了。我希望她会回到楼下，我可不想单独和一个盲人待在楼下。我问他想不想再喝一杯，他说，当然好。我又问他，想不想和我一起吸点儿大麻，我说我刚卷了几根。其实我还没卷，但我打算马上就卷。

“那我就和你试试。”他说。

“好极了，”我说，“那可是好东西。”

我倒了酒，和他一起坐在沙发上。然后，我卷了两根分量很足的大麻烟，点上一根，递给他。我把它夹在他的指间。他接过去，吸起来。

“憋住气，能憋多久就憋多久。”我说。我能看出来，他完全是个新手。

我妻子穿着粉红色的睡衣和拖鞋，走下楼梯。

“什么味儿？”她说。

“我们刚才想，我们可以来点儿大麻。”我说。

妻子狠狠地瞪了我一眼，看着盲人说：“罗伯特，我不知道你还抽这个。”

他说：“我现在抽了，亲爱的。凡事都有第一次。不过我现在还没什么感觉。”

“这东西多香啊，”我说，“这是比较温和的，是你可以对付的大麻，不会毁了你。”

“也别小瞧了它，老弟。”他说着笑了。

妻子也坐在了沙发上，就在我和盲人之间。我递给她一根，她接过来，嘬了一口，又递还给我。“这个吸了会怎么样？”她问。接着她又说：“这口烟我可不该抽。我本来就已经睁不开眼了。晚饭吃得我都困了。我真不应该吃那么多。”

“是草莓派，”盲人说，“就是那个让你犯困的。”他大声地笑起来，又摇了摇头。

“还剩着些草莓派呢。”我说。

“还想再来点儿吗，罗伯特？”我妻子问。

“等会儿再说吧。”他说。

我们都把注意力集中在电视上。妻子又打了一次哈欠。

她说：“你想睡觉的时候，我就去铺床，罗伯特。我知道你今天可是够累的。你什么时候想睡了，就告诉我啊。”她拉了拉他的胳膊，“罗伯特？”

他回过神来，说：“感觉真不赖。这比磁带强多了，是不是？”

“再来一根。”我说着，又在他的指间夹上一根。他吸了一口，含在嘴里，再慢慢吐出，熟练得像他九岁的时候就开始吸这玩意儿了。

“多谢了，老弟。”他说，“不过我想，我就抽这么多吧。我觉得我已经感觉出它的劲儿来了。”他把还在燃烧的烟蒂递给我妻子。

“我也是。”她说，“和你感觉一样。”她接过烟蒂，递给我。“我就在你们两个人之间坐一会儿，闭会儿眼。但别让我碍着你们的事儿，好吧？要是碍着了，就告诉我。要是不碍事，我就闭着眼坐在这儿，一直坐到你们要睡觉为止。”她接着说，“罗伯特，你要睡的时候，床立马就能铺好。就在楼上，挨着我们的房间。你什么时候要睡了，我们就带你上去。要是我睡着了，你们两个人可得叫醒我。”她说完，闭上眼，睡着了。

新闻播完了。我起来换了频道，又坐回沙发上。我真希望我妻子没这么睡死过去。她的头枕在沙发靠背上，嘴张着，身子歪到了一边，睡袍从腿上滑下来，露出了一段娇嫩的大腿。我伸手把她的睡袍重新拉好，盖住她，就在这时，我看了盲人一眼。何必呢！我又把睡袍给掀开了。

“你什么时候想吃草莓派就说一声。”我说。

“好。”他说。

我问他：“你累不累？要不要我带你上楼去？你想上床歇着吗？”

“不急，”他说，“再等会儿。我陪着你，老弟，如果你不介意的话。你什么时候休息，我再睡。我们还没机会好好聊聊呢。你明白我的意思吗？我感觉，刚才我和她把这个晚上都给独占了。”他揪起胡子，又松开来，拿起了香烟和打火机。

“好啊。”我说，“我很高兴有你做伴聊天。”

我想我的确高兴。每晚，都是我自己抽大麻，熬夜，一直熬到我能睡着为止。我和我妻子几乎从来没有同时上床过。等我真的睡着了，我又总做梦。有时，我会从梦中惊醒，心脏疯狂地乱跳。

电视上讲着关于教堂和中世纪的事，不是一般人通常会看的节目。我想看点儿别的，换了频道，但别的台也没什么好节目。我说着抱歉，换回到原先的那个台。

“没事，老弟，”盲人说，“我无所谓。你想看什么都行。看什么我都能学到点儿东西。学无止境嘛。今晚学点儿东西对我也没坏处。我带着耳朵呢。”

好一会儿，我们一句话都没说。他向前斜着身子，头冲着我，右耳对准电视的方向。这让人很不舒服。时不时地，他的眼皮低垂下来，又猛地睁开。时不时地，他会用手指捋着胡子，像是在琢磨什么他从电视上听到的东西。

屏幕上，一队穿着修道士服的人正被架起来，一些披着骷髅服扮成恶魔的人正在折磨他们。扮成恶魔的人戴着恶魔的面具，长着犄角和长尾巴。这个表演是游行活动的一部分，背景音里的英国讲解员介绍，这种活动在西班牙每年举行一次。我试着给盲人解释电视里正在播放的这一切。

“骷髅，这个我明白。”他说着点点头。

电视里出现了一座大教堂，然后又花了很长时间，慢慢地展示了另外一座。最后，画面切换到巴黎那座著名的大教堂上，飞扬的扶壁，高耸入云的尖顶。摄像机拉远，展示这座从地平线上拔地而起的大教堂的全貌。

有时，那个英国讲解员会闭上嘴，任凭摄像机绕着大教堂转。有时，摄像机会漫游在乡间，田野上，人跟在牛后面走。我一直憋着，直到我觉得我必须说点什么时才说道：“现在，他们在拍这座教堂的外部结构。滴水嘴兽。怪兽模样的小塑像。现在，我猜他们到了意大利。没错，是意大利。这座教堂的墙上有画。”

“是壁画吗，老弟？”他问道，抿了一口酒。

我伸手去拿我的酒杯，但杯子空了。我想起来他的问题。“你问我那些是不是壁画？”我说，“问得好。我也不知道。”

画面切到里斯本郊外的一座大教堂。同法国和意大利的大教堂相比，葡萄牙的没什么太大区别，但还是有点儿不一样。主要是室内的陈设变了。直到那时，我才突然想起一个问题。我说：“我突然想起来，你知道大教堂是什么吗？就是说，它们是什么样子？你明白我的意思吗？要是有人跟你说起大教堂，你明白他们在说什么吗？你知道天主教大教堂和——比如说——一座浸礼会教堂有什么区别吗？”

他让烟雾从嘴角渗出，说：“我知道大教堂需要成百上千的人，花五十年甚至一百年的时间，才能修建起来。当然，我是刚听那个解说员说的。我知道有的家族世世代代修建同一座大教堂。这也是听那个人说的。那些人为了修一座大教堂，干一辈子，却至死也看不到它完工。就这点而言，老弟，他们倒和我们这些人没什么区别，是不是？”他笑起来。接着他的眼皮又垂了下来，脑袋一点一点地，就像在打盹儿。没准他正在想象自己身处葡萄牙。现在，电视上出现了另一座大教堂。这次是在德国。英国人的声音继续低沉地喋喋不休。“大教堂，”盲人说着，坐起来，来回转动脑袋，“要是你想知道的话，老弟，其实，我就知道这么点儿，我刚才说的那些，也就是我听他讲的那些。不过，也许你可以给我描述一下？我想让你给我讲讲。我真的希望。说实话，我真的不大清楚大教堂是什么样子。”

我使劲盯着电视上大教堂的镜头。我从哪儿开始描绘呢？但假如我的命都要赌在这上面，假如一个疯子非逼我描绘一座大教堂不可，否则就要了我的命，我该从哪里说起呢？

我又盯着屏幕上的大教堂看了一会儿，直到图像切换到乡下。这没什么用。我只得转过身，对盲人说：“首先，它们很高。”我环顾着房间，想找点儿线索。“它们一直向上伸，向上，向上，一直伸向天空。有些特别大，非要有东西支撑才行，也就是说，得有东西扶着它们向上升。这种支撑物叫扶壁。不知为什么，扶壁的样子让我想起高架桥。不过，可能你也不知道高架桥是什么样子，是吧？有时，大教堂的正面会雕刻恶魔之类的东西，有时雕刻的是上帝和女人。别问我为什么是这样。”

他不住地点头，整个上半身似乎都在前后晃动。

“我讲的不太好，是不是？”我说。

他停止了点头，身子向前倾斜，坐在沙发边上。他一边听我说，一边用手指捋着胡子。我能看出来，他没太听懂。但他又点点头，像在鼓励我。他等着我就这么接着讲下去。我努力想着还有什么可说的。“它们非常大，”我说，“很庞大。它们是石头做的，有时也用大理石。过去，人们修大教堂，是想要接近上帝。那时候，上帝对每个人的生活都很重要。你从他们修建大教堂就能看出来这一点。不好意思，好像我的水平就到这儿了，我只能讲成这样了。我本来就不擅长这种事。”

“没事，老弟。”盲人说，“哎，听我说，我希望你不会介意我问你一个问题。我能问吗？就一个简单的问题，回答是，或者不是。我就是很好奇，没别的意思。你是主人，我是客人，但让我问问你，你信不信宗教，任何宗教？你不介意我问你吧？”

我摇了摇头，不过他看不见。对于一个盲人来说，眨眼和点头没有区别。“我想我不信。什么都不信。有的时候，这样也挺痛苦的。你明白我在说什么吗？”

“当然。我懂。”他说。

“好。”我说。

那个英国人还在滔滔不绝。我妻子在睡梦中叹了口气，又深吸一口气，继续睡。

“你得原谅我，”我说，“但我没法告诉你大教堂长什么样子。我就是没这个本事。我只能讲成这样了。”

盲人非常平静地坐着，低着头听我说话。

我说：“说实话，大教堂对我来说没什么特别的，一点儿都没有。大教堂，就是些在夜间电视上能看到的东西。仅此而已。”

这时，盲人清了清嗓子，从背后的兜里拿出了什么东西。是一块手帕。他说：“我明白，老弟。没事。别担心。哎，听我说，你能帮我个忙吗？我有个主意。你去找点儿厚纸来，行吗？还有笔。我们试试，一起画一座大教堂。找支笔还有厚纸，去呀，老弟，去把这些东西找来。”

于是我上了楼。我的腿软得一点力气都没有，就像我刚刚跑了很远的路似的。我在妻子的房间里到处找，在她桌子上的一个小篮子里找到了几支圆珠笔。然后我想了想，该到哪儿去找他说的那种纸呢？

我下了楼，在厨房里找到一个底上粘着洋葱皮的购物纸袋。我把里面的东西倒干净，又抖了抖，拿着它走进客厅，坐在盲人腿边。我拿开一些东西，把纸袋铺在咖啡桌上，抚平上面的褶皱。

盲人从沙发上下来，挨着我坐在地毯上。

他的手指抚过纸袋，上上下下地摸着纸的两面，还有纸的边缘，对，甚至包括纸的边缘。他也用手指拨弄了纸袋的四角。

“好了，”他说，“好了，我们来画吧。”

他摸到我的手，我拿着笔的手。他让自己的手紧贴我的手。“开始吧，老弟，画，”盲人说，“画吧。你待会儿就知道了。我会跟着你。没问题的。就像我跟你说的，开始吧。一会儿你就明白了。画吧。”

于是我开始画。我先画了一个像房子一样的盒子，大概就像我现在住的这栋房子。然后我在上面加了一个屋顶，又在屋顶两边画上尖顶。疯了。

“好极了，”他说，“太好了。你画得不错。从没想过你这辈子还会做这样的事吧，老弟？啊，人生嘛，谁都猜不准，这个我们都知道。继续画吧。别松劲儿。”

我画上拱形的窗户。我画上飞扬的扶壁。我画上巨大的门洞。我停不下来。电视台已经停止播放节目了。我放下笔，把手攥成拳头，又伸展开。盲人摸着纸面，感受着。他的指尖滑过纸面，滑过我画的每一个地方，然后，他点了点头。

“画得不错。”盲人说。

我又拿起笔，他又找到我的手。我接着画下去。我不是什么艺术家，但我照画不误。

我妻子睁开眼，瞪着我们。她从沙发上坐起来，睡袍仍敞开着。她说：“你们干什么呢？告诉我，我想知道。”

我没回答她。

盲人说：“我们在画一座大教堂。我和他正画着呢。加把劲儿，”他对我说，“对，就这样，很好。没错，你找到感觉了，老弟。我能感觉得出来。你本来以为你画不成。但你可以，对不对？你现在简直是如鱼得水，你明白我的意思吧？马上，我们就真能干出点儿名堂来了。手腕累不累？现在，画点儿人进去。没人还叫什么大教堂？”

我妻子又问：“怎么回事？罗伯特，你们在干什么？怎么回事？”

他对她说："没事。"又对我说："现在闭上你的眼睛。"

我照做了。如他对我说的那样，我闭上眼睛。

"闭上了吗？"他问我，"别蒙我。"

"闭上了。"我说。

"就这么闭着吧。"他说，"现在别停下。画。"

于是我们继续。我的手滑过纸面的时候，他的手指就搭在我的手指上。我这辈子还从没干过这样的事。

然后他说："我觉得差不多了。我觉得你画好了。"他说："看看吧，你觉得怎么样？"

但我仍旧闭着眼，我想就这样再多闭一会儿。我觉得我应该这样做。

"怎么样？"他说，"你在看画吗？"

我的眼睛还闭着。我坐在自家的房子里。我知道这一点。但我觉得自己无拘无束，没有任何东西包裹着我。

"了不起。"我说。

图书在版编目（CIP）数据

大教堂 /（美）雷蒙德·卡佛著；肖铁译．-- 海口：南海出版公司，2020.11

ISBN 978-7-5442-9197-2

Ⅰ．①大… Ⅱ．①雷… ②肖… Ⅲ．①短篇小说－小说集－美国－现代 Ⅳ．①I712.45

中国版本图书馆 CIP 数据核字（2020）第 052073 号

著作权合同登记号 图字：30-2019-134

大教堂

〔美〕雷蒙德·卡佛 著
肖铁 译

出　版　南海出版公司　(0898)66568511
　　　　海口市海秀中路51号星华大厦五楼　邮编 570206
发　行　新经典发行有限公司
　　　　电话(010)68423599　邮箱 editor@readinglife.com
经　销　新华书店

责任编辑　黄宁群
特邀编辑　白　雪　吕宗蕾
营销编辑　梁　颖　刘治禹　杨　茜
装帧设计　韩　笑
内文制作　杨兴艳

印　刷　北京盛通印刷股份有限公司
开　本　850毫米×1092毫米　1/32
印　张　9.5
字　数　122千
版　次　2020年11月第1版
印　次　2020年11月第1次印刷
书　号　ISBN 978-7-5442-9197-2
定　价　59.00元